中公文庫

月の光

川の光外伝

松浦寿輝

中央公論新社

月の光　川の光外伝

目次

挿画　島津和子

月の光　川の光外伝

はじめに、作者からひとこと。

この本は、川のほとりに暮らす小動物たちを主人公にした、七つの小さな物語の連作です。

　ここに出てくる動物のなかには、前作の長篇『川の光』にすでに登場している動物が何匹かいます。そこで、その前作の内容を、ほんのちょっぴり紹介しておきましょう。タータとチッチの兄弟、彼らのお父さんからなる三匹のクマネズミ一家は、人間たちによる道路工事が始まってしまったために、幸せに暮らしていた川べりの巣穴から追い立てられ、新天地を求めて移住の旅に出ます。川上をめざす旅の途上、凶悪なボスに率いられた〈ドブネズミ帝国〉に行く手を阻まれたり、地下水路で迷子になったり、ノスリに襲われたり、繁華街の雑踏を突っ切らなければならなくなったり、数々の苦難が降りかかってきますが、図書館ネズミのグレン、ロシアンブルーのブルー、人間の子どもの圭一くん、ゴールデン・レトリーバーのタミーなどに助けられ、何とかかんとか旅を続けていきます。はたしてこの三匹のネズミは、川の上流の岸辺に、平和に暮らせる新しい棲《す》みかを見つけることができるかどうか——以上が、おおよそ、『川の光』で語られた冒険でした。

このうち、本書に再登場するのは、猫のブルー（「月の光」「リクル・ルパッハの祭り」）、犬のタミー（「犬の木のしたで」「緋色の塔の恐怖」）、ネズミのグレン（「犬の木のしたで」「グレンはなぜ遅れたか」「緋色の塔の恐怖」）、タータとチッチ（「緋色の塔の恐怖」）などです。あ、そうそう、「リクル・ルパッハの祭り」に出てくるハナちゃんが、圭一くんのうちの飼い猫なのを覚えておいででしょうか。仔猫だったハナちゃんはあっと言う間に成長し、もう子どもを産むような歳になってしまったのですね。

実を言えば、もうひとり、『川の光』でチッチやお父さんをさんざっぱら苦しめた、あの恐ろしい暴君のボスネズミも、この本のあるお話のなかで重要な役を演じているのですが、どこに出てくるかは、お読みになるときのお楽しみということにしておきましょう。

いろいろ説明しましたが、とはいえ、この本は独立した作品ですから、これを読む前にあらかじめ前作を読んでおく必要などは、まったくありません。長篇よりも短篇を読むほうがお好きな方は、本書だけ読んでくだされればそれで十分です。

もちろん、もしこの本を読み、この川のほとりで営まれている動物たちの生活に興味が湧《わ》いてもっと知りたくなり、遡《さかのぼ》って、タミーやグレンたちが活躍する長篇『川の光』も併読していただけたら、作者としてはこれほど嬉しいこともありません（そうすると、

「月の光」の最後にちらりと出てくるイタチと、そのイタチが追っている三匹の獲物というのが誰なのかがわかって、ああそうかと膝を叩いてくださるでしょう）。

では、物語の幕が上がります。まずは、猫のブルーと一緒に、不思議な気配が立ちこめる月の光のなかに、ゆっくりと足を踏み入れていってください――。

月の光

1

後ろを振り返り振り返りしながら、猫のブルーが濡れたアスファルトのうえをぴと、ぴと、ぴとと歩いてゆくにつれて、月の光が冷たい水のように広がった。さざ波が立つように青白い光の表面が静かに震え、まるで夜の街に響く大小の物音に呼応するかのように大きな波紋小さな波紋がいくつもいくつも重なり合っては乱れ、揺らいではまたふと静まる。その光の水面がやがてゆっくりと持ち上がって光に厚みが生じ、深さが生まれ、その深さに呑《の》みこまれてブルーの体はゆるゆると水底に沈んでゆくような具合になった。

電柱の蔭《かげ》に隠れたところでブルーはつと歩みを止めた。

ロシアンブルーのブルー。すらりとした優美な牝《めす》猫だった。青とグレーが混じり合ったような微妙な毛色で、光の当たりかたによっては銀の光沢を帯びることもある。しかしこんなふうに電柱の落とす影に溶けこんでじっと蹲《うずくま》っているかぎり、時たま通りかかる人が目をやってもそこに猫がいるなどとは見分けられないはずだ。注意深く瞳を凝《こ》らす人がもし仮にいたとしても真っ先に気づくのはむしろ、地面近くの宙に浮かんで妖《あや》しいエメラルド・グリーンの光を放っている二つの瞳の方だろう。もっとももう真夜中過ぎで、この閑静な住宅街には通行人の影もほとんど絶えている。それでもときたま人間の足音が響き自動車が通過し遠くで犬が吠え、そのたびその物音に呼応するようにあたりをひたす月の光の水面が揺れてさざ波が立つ。

日の暮れがたにいっとき激しい夕立ちがあり、雨はすぐに上がったけれどこんな夜更けになっても道路はまだ乾いていない。寒かった。ブルーは大きな身震いを一つして尻尾《しっぽ》を左右に揺すると、座り直し、前足を上げ口元まで持っていって肉球の間を丁寧に舐《な》めた。左右の前足をかわるがわる手入れした後は横腹と背中に移り、そこを丁寧に舐めて舐めて舐め尽くす。ひと通り身づくろいを済ませるとようやく落ち着いた静かな気持ちになって、ブルーはゆっくりと二回まばたきした。まだまだ到来は先のことと思っていた冬の最初の気配を感じさせる晩だった。

ブルーは考えていた。

――こんなことが前にもあったような気がする……。こんな寒い晩……月の光がこんなにあたりに広がって……。地面がこんなにきらきらして……。

考えると言っても、もちろんこんなふうにいくつもの言葉を繋《つな》ぎ合わせたものがブルーの頭のなかに浮かんだわけではない。言葉というのは人間が背負いこんだ大きな不幸の一つで、そんな不幸とは無縁の深く広く豊かな世界をブルーは生きていた。とはいえ単に何かを漠然と感じたというだけのことでもなくて、彼女は彼女なりのやりかたでやはり考えるということをしてはいたのだ。瞬間ごと五官が外界から受けとめつづけている無数の刺激と絡《から》み合ったそのブルーの考えの、繊細なひだを正確に転写する記号をわたしたちは持っていないので、ここでは仕方なくそれをわたしたちの粗雑な言語に大雑把《おおざっぱ》に翻訳しておくしかない。

——あれはいつだったのか……でもそんなことは一度もなかったような気も……。いつでも初めてのことなのに、いつでも前にあったことのように感じる……。何て不思議な……。

ふと気がつくとあたりの物音がすっかり絶えて、ブルーは何か異様な静寂に包まれていた。ただまばゆい月の光ばかりが豊かな液体のように広がり出し、それはひっそりたゆたっているようでもあり、ほとんど感知できないほどの速度でどこかからどこかへ流れてゆくようでもある。ブルーは空を見上げた。斜め向かいの家の切妻屋根のはるか上空、中天に懸《か》かっている大きな満月を見つめているとその輝く円のなかにふうっと吸いこまれ、体が宙に浮かんでいきそうになる。知らず知らずのうちにブルーは立ち上がり、気がつくと電柱の蔭から抜け出してそろそろと道路の真ん中あたりまで歩いてきていた。体の重しを失いとりとめがなくなってしまったような足元にぐいと力を入れ直し、視線を水平に下ろして彼方の十字路の方に目をやった。さあ、これからどうしよう。あ……あれは何？

2

ほんの数メートルほど離れたあたりの、ブルーの目と同じくらいの高さの宙空に、何やら小さな銀色のものが浮かんでいる。それはすうっと漂い寄ってきて見る見るうちにブルーの目の前までやって来ていた。体長わずか数センチほどの魚だった。尾もひれも動かしておらず、心なしかぐったりした風情で、泳ぐというよりはむしろ流れのままに身を委《ゆだ》ね漂っているうちに偶然ブルーの目の前まで流れ着いてきたようでもある。

その小魚が泳げないでいる理由はすぐにわかった。横腹が傷ついてその傷口から血がしたたっているのだ。月の光に照り映えて紫とも青とも見えるもののよくよく目を凝らせばやはりいたいたしい真紅の、微小な血の点々の連なりは、最初はしずくの点々のままゆっくりと斜め下に流れ落ち、やがてひと粒ひと粒しだいに滲《にじ》んで薄れ、月の光のなかに溶け入ってゆく。そんなふうにかぼそい血のすじを引きながらゆらりと漂っている小魚は体が少し斜めにかしいだままで、何かの拍子にぐらっと揺れたはずみにその傾きが大きくなっても即座に自分を立て直す力はもう残っていないようだ。それでも傾きは少しずつ戻ってゆくから、体を真っ直《まっす》ぐに保とうと一生懸命になってはいるのだろうか。どうやら、死にかけているらしい。

――何なの、これ。嫌《いや》あねえ、きたならしい。

こんな妙なものは放っておいて、もう帰ろうとブルーは思った。こんなに寒くちゃたまらない。早くおうちへ帰って飼い主のお婆《ばあ》ちゃんの布団のなかに潜《もぐ》りこもう。

体の向きを変えて、ぴと、ぴとと数歩歩き、止まってふと振り返った。さっきの場所で小魚はゆっくり尾を振って、こちらに向き直ろうとしていた。見ていると、そのかしいだ体のままで尾を振りひれをはためかせブルーの方へ近寄ってくる。嫌だ、あいつ、あたしについてくる気かしら。ほどなく小魚はまたブルーの目の前までやって来ていた。目が合った。いかにも死にかけている生き物らしいうっすら霞《かすみ》がかかったようなその目には、力も生気もない。

ブルーはたたっと走って道路を横切り、ブロック塀のうえに飛び乗った。道路を見下ろしながら塀伝いにゆっくり歩いてゆく。するとそれにつれて、あの小魚もまた路面から三十センチほどの高さのところを宙に浮かんだまま移動してくる。あの高さよりうえへは昇ってこられないということなのかしら。でもその姿ははっきり見分けられる。小さな小さな体なのだけれど、鱗《うろこ》を銀色にきらめかせたその小魚の周囲に月の光の粒子がひときわ濃く凝集しているようで、何やら妙に目立つのだ。数メートル行ったところでブルーはまたすとっと路面に飛び降りた。すぐさま小魚がブルーの目の前まで来てそこでまたぴたりと静止する。そのとたん尾もひれもまたぐんなりと垂れ下がった。残った力を使い尽くしたのだろうか。

――あんたねえ。何なの。そうやってあたしにずっとついてくるつもり？　やめてよね。あたしはもううちへ帰るんだから。

小魚はただじっと宙に浮かんでいる。

――迷子の仔犬みたいに、そんなふうについてこられちゃ迷惑なのよ。そもそも何でまた、あんたはこんなところにいるの。魚ってものは水のなかにいるもんじゃあないの。いったいどういうわけでそんなふうに空中に浮かんでいられるのよ。

小魚はじっと宙に静止したままブルーの目を見つめていた。小魚のすぐ真下の路上にその濃い小さな影が落ちていた。ブルーがふと目を落とすとブルー自身の影も路面に黒々と凝《こご》り、それは何だか自分のものでないようだった。魚と自分の、影たち同士はすでに親しく交感し合っているように見えるのはいったいなぜなのか。気づいてみればあたりはいちめん様々なものの影に満ちていた。ブロック塀の影、電柱の影、道路に転がったコーラ缶の影、木の影、草の影……。小石一つ一つさえ自分自身の影を路上にくっきり落として静まりかえっている。月の光が明るすぎるほど明るいのでそれらが作る大小の影も濃く深く強く、そんな大小様々の影たちのなかに何やら異形のものがひしめき合っているといった想いがふとよぎって、ブルーの背中の毛がほんの少しそそけ立った。

ブルーはためしにまた数歩進んでから後ろを振り返ってみた。小魚は懸命に尾を振りひれを振って斜めにかしいだ体のままやはりブルーの後をついてくる。

――鬱陶《うっとう》しいわねえ。

ブルーはその魚に真っ直ぐ向かい合い、歯と牙《きば》をちょっと剝《む》き出しながら、

――さあ、どこかにお行き。行かないと食べちゃうよ。

そうきっぱり言った。と、そのとき、

――ぼくは死ぬのかな……。

という小さな声が聞こえた。

――え、何……。

――死ぬのかな……ここはどこかな……。

小魚が喋《しゃべ》っているようだった。声と言っても実際に音となって響いてくるのか、仮にそんな声に置き換えられるような思念がブルーの頭のなかに伝わってくるだけのことなの

ゃないよ。

か、そのあたりはよくわからない。

——ここは道路だよ。街だよ。猫や犬や人間が通るところだよ。あんたのいるところじ

——ぼくのいるところ……。

——あんたのいるところは、水のなかだろ。

——水のなか……。ああそうだ、楽しかったな……。

かぼそかった声が不意にぐっと力を帯びて、堰《せき》を切ったように流れ出す。

——すいすい泳いで、水草や藻《も》の間をくぐり抜けて、お日さまの光を浴びて、ぼんやり

して昼寝して、起きたらまたぼんやりして……。日が落ちて暗くなりかけた頃、美味しい

ミジンコがいっぱい湧いてくる岩の隙間《すきま》があった……。大雨で水が増えて流れが速くなる

とそれに逆らって上流へ、上流へ、もみくちゃになりながら懸命に泳ぐのが面白かった

……。そうかと思うと、くるりと反転して急な流れに乗り一気に川下に下る……。あんま

り速くて目が回った……。浅瀬の石についたぬるぬるした水苔に体をこすりつける心地良

さ……。ああ、でも、もう終りなのか。ぜんぶ終りなのか……。

——もう終りなんだろ。あたしは知らないよ。

——また水のなかを泳ぎたいよ。死ぬんなら、水のなかで死にたいよ……。

また声が弱くなってそのまま途絶えてしまう。ブルーはぷいと顔をそむけた。何言ってるの、この妙な生き物は。それから、死ぬんなら、死ぬんならと自分に言い聞かせるように繰り返している小魚のかぼそい呟《つぶや》きを振り切るようにひと跳びして、そのままだっと走り出した。さあ早く、暖かな家へ帰ろう。帰ってぐっすり眠ろう。今夜は何だか変な晩だ。この眩《まぶ》しいほどの月の光が変なんだ。こっちの頭までおかしくなっちゃうよ。

十字路まで一気に駆けて、そこを曲がる前にちょっと振り返った。うちまで全力疾走しようと思っていたのに、曲がり角のところで我知らず速度が落ち、背後にちらりと視線を投げずにいられなかったのだ。一瞬、遠く小魚のいたあたりに、かすかな光の点が見えたような気がした。角を曲がってまた速度を上げつつそのまま駆けつづけながら、ブルーはあの小魚が自分の後を追って尾やひれを弱々しく動かしながら必死に泳いでくるさまを想い描いていた。追いつけるはずがないのに、何て馬鹿な子……。ブルーの走りの速度が鈍った。どんどん遅くなり、やがて走るというより歩く速さになり、とうとう立ち止まってしまう。ちょうどそこにあった生け垣の蔭に入り、気を落ち着けるためにとにかく両の腋《わき》の下を丁寧に舐めてきれいにした。それから気を取り直し、今来た道をゆっくりした足取りで戻っていった。

さっきの角を曲がって向こうに目を凝らすと光の点はやはりあって、近づいてゆくにつれそれはだんだんはっきりした形をとってゆく。それはやはりこちらに向かってのろのろと動いてきているあの小魚だった。ブルーの姿を認めたとたん尾とひれの動きはぱたっと止まる。魚のすぐ前まで戻ってきたブルーはうんざりしきった表情で、

——あんた、何やってるの。まだ血が出てるじゃないの。

——うん。

——あんた、もうすぐ死ぬよ。

——うん。

水のあるところ……。ブルーがまず思い浮かべたのは自分の家の庭のバケツだった。でも駄目だ。お婆ちゃんが庭いじりをしなくなってからあれはずっと空っぽのままだから。庭にあった小さな池ももうずっと前から干上がっちゃってるしなあ。そのとき、「流れが速くなると」とか「川下に下る」といった先ほどの魚の言葉が耳もとに蘇《よみが》ってきた。

——あんたを川へ連れていってあげる。

——川？

——川があんたの棲みかだろ。そこで暮らしていたんだろ。

——そうかな……。そうかもしれない。

——さあ、ついておいで。

ブルーは先に立ってさっきと反対の方角へさっさと歩き出した。すぐそこの小さな公園を抜け、角を一つ曲がってそのまま真っ直ぐ行けば川はそう遠くない。そう言えば、川へ行く、どうしても行くんだって言ってきかなかったあのネズミの子は、いったいどうしたろう。無事に川辺に行き着いてお父さんと弟に再会できたろうか。振り向くと小魚はのろのろとながら一生懸命ブルーの後についてきていた。ブルーは歩みをゆるめて魚が追いつくのを待った。ああ、まだるっこしいわねえ。これじゃあ川岸に行き着くのに何時間かかるかわかりゃあしない。

あたりは静まりかえって物音一つ聞こえてこない。すべてがとてもとても不思議で、しかしすべてがとてもとても自然だった。冴《さ》え冴《ざ》えとした月の光が重さのない粒子のようにみっしりと空間に充満しているので、そこを泳いでゆく魚がいることもきわめて当たり前のことで、そこには何の不思議もないような気がしてくる。

――大丈夫かい。あんた、その傷、痛いだろ。

魚はもう返事をしなかった。

――さあ、こっちだよ。ついておいで。

ブルーはぶらんこと滑り台と砂場があるだけの小さな公園に入っていった。植え込みのなかでは月の光を浴びた大小の樹木の梢《こずえ》の葉むらが音もなくかすかに揺れていた。ソヨゴやアラカシやキンモクセイのまとう数えきれないほどの葉が一枚一枚、それぞれ違った角度でまた違った色合いでことごとく光を反射して輝いているようだ。ここまでブルーがたたっと数歩歩んでは立ち止まり、振り返って魚が追いついてくるのを待つといったやりかたで進んできたのに、魚はいつの間にか少し勢いづいて泳ぎの速度が上がってきているようだった。どうかするとブルーを追い越してむしろ魚の方がブルーを先導しているような具合になる。

3

次に起こったことも不思議と言えば不思議だったが、ブルーはさして驚かなかった。魚の鱗を銀色にきらめかせている光がゆるやかに凝《こご》っていったかと思うと輪郭がもやもやと不分明になり、それが少し脹《ふく》らんだ。尾を振りひれを振って懸命に泳いでいた魚はもう魚ではなく、そこには長い耳を持ちふわふわした黒白まだらの毛に包まれた哺乳《ほにゅう》類の小動物がもがいている。それはもう魚ではなく……そう、たしかに仔ウサギで、それがもう今にも眠りかけているような半眼になって前足でゆるゆると空気だか光だかを搔《か》き後足を蹴《け》りつけながら宙を泳いでいるのだった。

——あら。これは何なの。さっきの子はどうしたの。

すぐには返事がなかったが、しばらくすると声が聞こえてきた。

――水たまりに映ったぼくの顔……。あれはいったい誰だったんだろう。

仔ウサギの長い両耳がぴらぴらなびいてあっちこっちの方角を向く。

――誰って、あんたじゃないの。あんたの顔が映ったんじゃないの。

――そう、ぼくだった。でも、あれは本当にぼくだったのかな……。よく晴れたとても暑い日だった。ミンミンゼミの大合唱がうるさくて、少し黙っててよと叫び出したくなるほどで、でもそのセミたちの鳴き声が頭のなかまで染み透ってきて、頭の芯がだんだん痺《しび》れてくるみたいだった。眠気を振り払おうとしてぼくはちょっと跳《は》ねてみた。一回、二回、三回……昨日まではなかった水たまりに落ちそうになって危うく踏みとどまった。そのとき思わず顔を突っこみそうになったその水面に映っていたもの……これがぼくか、ぼくはこんなのかと思った……。黒と白のまだらの顔……これがぼくなら、ぼくは誰だ……。ぼくはこれで、いやそれで、ぼくじゃなくて……じゃあぼくはどこにいるのか……。

――何を言ってるのかわからないわ。

仔ウサギは光のなかを浮遊したままたゆたうようにゆらゆら揺れて、しかし後足が宙を蹴りつけるたびごと少しずつ前へ進んでゆく。

――どうするの。あんたも川へ行くの。

——川へ……うん、川へ行くよ。あの水たまりがあったのは川べりの草むらだった……。

しかし仔ウサギの姿がまた光の靄《もや》に包みこまれ、今度はそれがまたもう一度小さく小さくなっていったかと思うと、そこに飛んでいるのは黄色い蝶《ちょう》だった。

蝶はブルーの体に触れるか触れないかというあたりをひらひら、ひらひら飛び回りつづけ、ブルーが前足でじゃれかかるとそれをきわどく掠《かす》めてふわりと逃げる。かと思うとまたブルーの尻尾の先にまとわりつき、ブルーがそれを振るとさっと身を翻《ひるがえ》して上昇する。

そんなふうにじゃれ合いながら行きつ戻りつしているうちに、いつの間にかブルーはもう公園を突き抜けて、反対側の入り口から道路に出て、また静かな住宅街を歩いていた。

しかしこれがいったい蝶なのだろうか、このブルーの体よりはるかに大きなものは。月の光を受けて金色に輝く毛皮を波打たせるようにして宙を泳いでいるのは、垂れた耳とふさふさした尻尾を持つ大きな犬だった。それは頭を上げ大きな耳をなびかせながら宙空に浮かび、ゆるやかな犬かきを気怠《けだる》そうに繰り返している。

——ぼくは十八年と四か月生きた……ぼくは本当に沢山生きた……。

ゴールデン・レトリーバーらしい大型犬はそう言っていた。

——お母さんのお乳にむしゃぶりついていた時期が過ぎて、皿からものを食べるのをようやく覚えた頃だった。ある日大きな温かい人間の手がぼくを抱え上げ、自分の膝のうえにそっとのせた。しばらくきょとんとしていたぼくはやおらその人の胸に前足をかけ、それからその人の顔じゅうを口と言わず鼻と言わず目と言わずやみくもに舐め回した。結局ぼくはその人と一緒に十八年生きることになった。一緒に山へ登り海で泳ぎ草原を走り、その人が泣いているときも笑っているときもぼくはいつもその人の足もとにいた。ああ、楽しかったな……。いつも、いつも楽しかった……本当に幸せな一生だった……。

金色の輝きと最初は見えたものの、よくよく見直すとやはり老齢のせいでずいぶん色褪《あ》せて艶《つや》のないぱさついた毛並みのそれは犬だった。鼻の周りもすっかり白くなり黄色がかった両目の下には目やにがきたならしくこびりついている。そのやつれた老犬はそれでも懸命に頭を上げて、前足で掻き後足で蹴り、それにつれて浮いたり沈んだりしながら宙を浮遊する体を前へ前へと進ませてゆく。光のなかをゆっくり泳いでゆくその大きな犬を見上げながら、ブルーはその周りをぐるりと回ってみた。そして、

──楽しかったなって、そういう楽しみの一つには、猫を追いかけ回していじめることもあったんでしょうが。嫌あねえ。

と辛辣《しんらつ》な口調で言った。すると、

──とんでもない！　ぼくの家には猫もいたんだぜ。ぼくらはとても仲が良くて、寒い晩にはよくぴったり体をくっつけてお互い暖をとりながら眠ったもんだ。

——へえ、そうなの。

ブルーはちょっと見直したような口調になった。

——あんた、けっこう良いやつじゃない。

——でも、あいつはずいぶん前に死んじゃってなあ。またどこかであの三毛猫に再会できるんだろうか。

ブルーは返事のかわりに大あくびをして、座りこみ、首を後ろにひねり自分の背中を悠々と舐めはじめた。犬の真っ黒な影が路上をゆるゆると移動してゆくのが視界の隅をちらりとよぎる。が、次の瞬間その影がやおら大きくなりはじめたのに気づいてぎくりとした。ぐぐっと広がってゆくその影のなかにブルーはたちまち呑みこまれ、思わず首を竦《すく》めてやり過ごそうとしたけれど影の肥大はまだまだ止まらずブルーはその下からどうしても抜け出せない。三メートル、四メートル、五メートルとどんどん巨大化してゆく影の下から、一瞬の隙を盗むようにブルーはだっと跳ね出して、中天に懸かる満月がまた頭上に見えたときには、ほっと安堵のため息を洩《も》らした。改めて見上げてみるとそこに浮かんでいるのは全身ぬめぬめした鱗に蔽《おお》われた首長竜で、頭の先から尻尾の先まで、さあ八メートルほどもあるだろうか。

ブルーは前方にたたたっと走っていき、光のなかをゆるやかに泳ぎつづけるその首長竜を追い越すと、くるりと向き直りそれに正面から向かい合ってみた。名前の通りの長い首をゆっくりと左右に振りながらこちらに向かって進んでくるその動物の巨大さに改めて目を見張る。蛇に似たその頭部を見たとたんそいつの黄色い虹彩《こうさい》と目が合ってしまい、ぞっとして思わず背中の毛が逆立った。だがその異形の怪物はどうやらブルーの姿など目に入っていないらしい。無数の鱗の一枚一枚がことごとく月の光を反射して何色ともつかない輝きを発しているそいつの体がもともと何色なのかはよくわからない。茶色だろうか、やや緑がかった灰色だろうか。ざらざらと粒立ったしわがれた低い呟きが遠い雷鳴のように轟《とどろ》いてくる。

——あたしの家族も仲間も友だちも、みんなみんな死んでしまった……。あたしの一族はもう死に絶えてしまった……。十八年かそこらで沢山生きたなんて、ふん、笑わせてくれるじゃないの。あたしはもっともっと、沢山沢山生きた。仲間や友だちのぶんまで生きた。夫がずいぶん昔に死んでからはあたしはずっとひとりぼっちだった。これだけ生きればもう十分でしょうよ。そう、あたしのいのちは今ようやく尽きようとしている。あたしはそれが嬉しくて嬉しくてたまらない。なぜって、あたしの死はあたしだけの死ではないのだから。それはあたしの一族そのものの終りでもあるのだから。ああ、一億年前には、この惑星の海のどこにもかしこにもあたしの仲間が無数にいたもんだ……。

その「海」という言葉にブルーはふと注意を惹かれて、

――あんたは海まで戻ってゆくのね。それならやっぱり川まで行けばいい。流れを下っていけば海に出られるよ。

そう言ってみた。首長竜は長い首をまたぶらりとひと振りして、今初めて気づいたように顔をブルーの近くに寄せてきた。半開きになった口の隙間からのぞくぎざぎざに尖《とが》った鋸《のこぎり》のような歯列がすさまじく、ブルーはまたぞっとしたが辛《かろ》うじてその場に踏みとどまる。だが首長竜のその半開きの口から出たのは、これはどうやらブルーに直接向けられたとおぼしい、

――あたしは疲れた。疲れたよ、もう本当に疲れたんだよ。

という呟きだった。疲れたよ、すっかり疲れきってしまったんだよというざらついた呟きの轟くような反響が鳴りやまないうちに、しかし体長八メートルもあるそんな妖しいドラゴンの姿はすでに霧散《むさん》消失していて、そこにはただ素っ裸の人間の赤ちゃんが一人、宙に浮かんで、ばぶばぶという嬉しそうな笑い声を立てながら俯《うつぶ》せになったり仰向《あおむ》けになったりしているのだった。上機嫌な赤ちゃんが犬かきとも平泳ぎともクロールともつかぬ滅茶苦茶な動きで手足をばたつかせるにつれて、その体はほんの少しずつながらだんだん前へ進んでゆく。赤ちゃんの体が墜落してアスファルトの路面に叩きつけられるのではない

かとブルーは気が気ではなく、浮遊する赤ちゃんを守るようにその前になり後ろになりぴたりと寄り添いながら歩いていった。赤ちゃんの染み一つない真っ白な皮膚が冷たく澄んだ月の光を照り返して目に眩しいほどだ。おずおずした小さな声が聞こえてくる。

——ぼくは……。

ブルーは赤ちゃんを見つめながらじっと耳を澄ましてみた。もう一度、

——ぼくは……。

それきり声は絶え、赤ちゃんはまた嬉しそうに笑って、ちっちゃなちっちゃなペニスの先からいきなりおしっこを洩らした。それはきれいな放物線の軌跡を描いて優しく噴き上がり、月の光をきらめかせつつ路面に落ちていった。ブルーは身を翻して辛うじてそのしぶきを避《よ》けた。放尿はずいぶん長いこと続いたような気がした。

——ぼくは、ぼくが何だか、わからない……。

すると赤ちゃんはもう、その「何だかわからないもの」になっていた。ブルーは「何だかわからないもの」に寄り添って歩きながら、そう、こんなことが前にもあったわとまた考えていた。こんなふうに寒くて寒くてたまらなくて、月の光がやっぱりこんなふうにあたりいちめんに広がって、あたしはやっぱりこんな「何だかわからないもの」と一緒にとぼとぼと歩いていた。そのときもやはり今この瞬間のようにそれは何だかわからないまま

ただそこにいた。世界に水があり、光があり、土があるようにそれはただ単にそこにいた。ブロック塀や生け垣や人間たちの家々があるように、草が生え樹木が生い茂りコーラ缶や小石が転がっているように、それはただ単にそこに生えそこに生い茂りそこに転がってい た。それらすべてをくっきりと照らし出しその一つ一つにそれぞれに固有の濃い影を与え ているのは月の光で、空を仰ぐと怖いほどに輪郭のくっきりしたまんまるの満月もまたさきほどからずっとブルーの前になり後ろになりしてついてきているのだった。

——それならこの「何だかわからないもの」こそ、月そのものなんだろうか。

しかしたしかなことは、それが傷ついて血を流しているということだった。もしそうだとすればこの世にあるものは皆ことごとく、どこかしらに傷を負い血を流しているのだろうか。どんな動物もどんな植物も、いやあのうち棄《す》てられた古自転車もあの折れた釘も、あの濡れた舗石《ほせき》にへばりついた古新聞紙もその舗石そのものも、みなこんなふうに月の光にひたされて、赤とも紫とも青ともつかない、いやどんな色も脱色され尽くし透きとおった水のしたたりのようになった血を流しつづけているんだろうか。

4

そこまで考えたとき、ブルーの鼻の先に浮かんでいるのはまたあの少し斜めにかしいで苦しそうに宙空を泳ぐ小魚になっていて、ブルーはやはりその小魚を川岸まで案内しようとしているのだった。細い通りを渡って小高い土手を登るにつれて、さきほどからかすかに聞こえていたせせらぎがいつの間にかはっきりと耳につくようになっている。土手のうえは川の流れに沿う遊歩道になっていて規則正しく並んだ街灯が灯っているが、そんな人工の光はあたりを支配する圧倒的な月の光の前では色褪せて何の存在感もない。

——あ、水のにおい……。

と小魚が言った。懸命に尾とひれを振って土手のうえまで上昇するのが精いっぱいだったのか、遊歩道に出たところで小魚はまた動きを止めてしまった。その横腹からはまだ血がしたたりつづけている。こんなに小さいんだから、これだけ血が流れ出たらもういい加減体が空っぽになっちゃうじゃないのとブルーは気が気ではなく、さあ、さあ、と魚をせき立てた。

——ここを下りたところがもう川だよ。さあ、もう少しだから……。

ブルーはそう言って、前方へ下ってゆく土手の坂の暗がりのなかに先に立って分け入っていった。せせらぎの音はどんどん高くなり木々の間からもう黒々した川面が見え、先刻の激しい夕立ちのせいかいくぶん水かさを増した速い流れがあちこちで白く輝くしぶきを上げている。さっきからずっと、あたしたち以外には物音も動きもすっかり絶えて世界の時間そのものが止まってしまっていたようだったけれど、川はやはりこんな元気な水音を立てながらどんどん流れているのかとブルーは少し驚いた。魚はもう本当にのろのろとしか進めず、川岸までの最後の十メートルほどはずいぶん長い時間がかかった。

――さあ、頑張れ、頑張れ、もうほんのすぐそこだよ。ほら、水がどんどん流れている音が聞こえるだろ。

ブルーは小魚が弱々しく尾とひれを振って少しずつ少しずつ進んでゆくのに合わせて、じりじりと歩を進めていった。そして、とうとうふたりは岸辺のきわまで辿り着いた。

――さあ、川の水のなかへお戻り。水に入ればきっと傷が治って、また元気になるよ。

銀色に輝くほんの数センチほどのその魚にブルーは顔を近寄せてそう言った。その小さな魚の小さな小さな目玉がかすかに動いて、ブルーの翡翠《ひすい》色の瞳の奥をじっと覗《のぞ》きこんだようだった。

――どうも有難《ありがと》う。

というかすかな声が伝わってきた。と、次の瞬間魚の体を包みこんでいた光の帯がひときわ明るさを増したかと思うと、魚は尾を大きくひと振り振って思いがけず力強い勢いで前方へ跳ね出した。青白く透きとおった光それ自体と化したように明るく燃えながら、魚は川面に落ちていった。その炎が水面に触れた瞬間、ちゃぽんと小さな音がして、流れのなかで何かが泳ぎ出す気配があった……ような気がしたが、それはそうであってほしいというブルーの思いから発した錯覚にすぎなかったのか、どうか。

ブルーはそのまま岸辺に蹲り頭を低くしてじっと水面を注視し、さらに何かが起こらないかと待ち受けていた。流れのせせらぎに混ざってもう一度かすかにちゃぽんと、小さな魚が嬉しそうに跳ねた音が少し離れたところから伝わってきたような気がしたけれど、これもたしかなことではない。

どのくらい経ったのか、何か変な感じがしてブルーは身を起こして、耳をそばだてた。ほどなくそれが、変な感じがするというよりはむしろ今の今まで続いていた「変な感じ」それ自体が不意に消失してしまったことの呆気なさの感覚であることに思い当たった。満月はまだ皓々《こうこう》と輝いているけれど、あたりに降り注いでいるのは今や何の変哲もないいつもながらの月光で、それはまるでもののけの気配でも立ちこめているようなさっきまでの妖しく禍々《まがまが》しい光とはもうまったく違うものだった。そもそも月光などより、木々の幹や枝の隙間越しに土手のうえから落ちてこの岸辺まで届いてくる遊歩道の街灯の明かりの方がよっぽど強く明るく感じる。

ブルーが立ち上がって今度こそ本当に家へ帰ろうと歩き出しかけた、ちょうどその瞬間、土手の斜面のうえの方の茂みのなかを忍び足で走り抜けてゆくものの気配があった。何だろう。イタチかしら。野ネズミかしら。ちょっと追いかけていってからかってやろうかしら。どうせこんなところまで遠出してしまったんだからついでに少しこのあたりで遊んでいこう。ちょうど風はこちらに向かって吹いているからあたしのにおいを察知されることはないはずだ。

あ、やっぱりイタチ……。気配を殺して獲物を追うのに夢中で、自分自身の背後からさらに誰かが後をつけてくるなんて夢にも思っていないらしい。イタチが追いかけているその獲物の方もちらりと見えた。どうやら三匹ほどのネズミらしい。ふふっ、面白くなってきたわね……。ブルーは身を低くかがめ足音を殺しながら、川上の方角にひときわ深くなってゆく闇のなかへ小走りに走りこんでいった。

犬の木のしたで

1

――いよいよ……。

――いよいよ今晩……。

――楽しみだねえ。

――光の雨……。

――待ち遠しいねえ。

だんだん深まってくる夕闇のなか、庭の隅にぺったりと腹這《はらば》いになってうとうとしているタミーの耳元近くで、蚊《か》が何匹かうるさく飛び回っていた。夢うつつにそれを前足で払いのけているうちに、蚊の羽音はいつの間にかひそひそした囁《ささや》き声の会話に変わってしまったようだ。つい目と鼻の先で何か小さな動物たちが囁き交わしていて、しかしあたりをはばかるようにひそめたその囁きからも、彼らの抑えきれない熱っぽい興奮が伝わってくる。それともこれはまだ夢の続きなのか。

——さあ、急がなくちゃ。
——白鳥が浮かぶとき……。
——そう、白鳥が飛ぶとき……。
——川の光のなかを。川の光を横切って。
——犬の木……。
——そう、犬の木のしたで。楽しみだねえ。
——さあ、もう出発しなくちゃ。
——急がなくちゃ……。

犬、という言葉ではっきり目覚めたタミーが身じろぎして顔をあげると、声はそれきりふっつり止んだ。散歩から帰ってきたゴールデン・レトリーバーのタミーはすっかり疲れて、庭の塀ぎわに体を押しつけてまどろんでいたのだった。どうやらその塀の向こう側の隣家の庭の茂みで、つい間近に大きな犬が眠っているとも気づかず、そそっかしい動物たちがお喋りしていたらしい。たぶん小さな小さな動物、ネズミかモグラか、それとも仔猫だろうか。二匹いたのか、それとも三匹か。

タミーは立ち上がって塀をちょっと引っ掻いてみた。その裏側にはもう何の気配もない。誰かがいたとしても、タミーが起き上がった瞬間にさっと逃げてしまったのだろう。あれはいったい何の話だったんだろう。何か変なことをいろいろ言っていたな。光の雨だの、白鳥が何とかだの……。タミーはお座りの姿勢になってしばらく首をひねっていた。

タミーはひとりぼっちで留守番をしていた。飼い主の先生（人からそう呼ばれているので、タミーにとってもこのご主人は「先生」だった）は、タミーを散歩から連れ帰ると、夕飯を食べてくるよと言い残して出かけてしまった。「タミー、いい子にしてろよ。すぐ帰るからな」と呟いて出ていったが、出がけにちょっと後ろめたそうにタミーを振り返った様子から、どうやら先生の帰宅は遅くなりそうだとタミーはにらんでいた。この先生は、そんなふうに俯《うつむ》き加減にこそこそ外出してゆく晩にかぎって、ようやく朝方近くになってから、ぐでんぐでんに泥酔して帰ってくるのだ。

タミーと先生はふたり暮らしだ。タミーに物ごころがついたときからずっとそうだった。大学でテツガクというものを教えているらしいこの先生は、以前はケッコンというものをしていて、今はリコンというものをしているらしい。うちで酔っぱらっているとき、先生はタミーにそのテツガクだのケッコンだのリコンだのについての小難しい理屈を長々と喋ってくれるが、タミーには何が何だかさっぱりわからない。わかるのはただ、そんなとき先生がとても悲しそうにしているということだけだ。

「いいかい、タミー、結婚生活とは何か、というとだな……。対他存在としての主体が、他者のまなざしにさらされるだろ？　そのとき、『私』が『私』であるという同一律がおびやかされる。ドウイツリツがオビヤカサレル、というわけだ。わかるかな？　そのとき、『私』から発して『私』に帰ってくる意識、つまり自意識は、だな、相互反射の演技のゲームのプレーヤーとして……」

タミーの目を覗きこみながら、ちょっと興奮気味に一生懸命喋ってくれるが、わかるかなと言われてももちろんまったくわからない。それに、タミーの見るところ、ぺらぺら喋りながらも先生はどこか上の空で、自分自身の言っていることに本当は興味もないし、それを信じてもいないような気がする。

「それで……それで、と……夫であること、それは夫であることを演じることにほかならない。これが何かと大変で……。サルトルも言うように……。ハイデッガーは『存在と時間』で……えーと、何だっけ？……」最初のうちは立て板に水の熱弁をふるっているが、ウィスキーの水割りを何杯も飲んでいるうちに、先生の口調はだんだんゆっくりになり、ときどき長い間が空くようになってくる。ずっと黙りこんで何か考えていて、不意に「……あーあ、あいつをもっと大事にしてやればよかったなあ」と淋《さび》しそうにぽつりと呟いたり、かと思うと、いきなりタミーの首を抱き締めて、「タミー、おまえがいれば、おまえさえいれば、おれはそれで十分だあ」と大きな声で叫んでみたり。その挙げ句、そのままソファーに体を丸めて、ことりと眠りに落ちてしまうのだった。

　朝帰りをするような晩は、そういう愚痴をときどき人間相手にこぼしに行きたくなるときなのだろう、とタミーは想像していた。どうやら今日もそういう晩になりそうだ。それならそれで、ぼくはぜんぜんオッケーさ。タミーは庭の隅へタタッと走り寄った。金属製の外置き物置の後ろに回り、狭い隙間に体をぎゅうぎゅう潜りこませる。そこには竹の枯れ葉がうずたかく積もっているが、それを前足でかき分けると小さな穴が現われる。それは先生はもちろん、誰も知らないタミーだけの秘密の抜け穴だ。

　塀の下をくぐって外の空き地に続くこの穴を通り抜けるのはけっこう難しくて、体の角度にちょっとしたコツがある。以前、一度、途中で体がつっかえて、抜けるに抜けられず戻るに戻れず、進退きわまって三十分ほどもじたばたもがいていたことがある。その苦い経験から、その後穴の大きさをちょっと広げたけれど、それもちょっとだけにしておいた。もし先生に見つかったら、この穴もたちまちふさがれてしまうだろう。実は以前、別の場所に掘っておいた抜け穴を発見されて大目玉を喰《く》らったことがあるのだ。

　塀の向こう側に出て、ぶるぶるっと大きく体を震わせて土や葉っぱを払い落とすと、タミーはうきうきしながら夜の散歩に出かけた。短い時間だったけれどうたた寝をして、すっかり元気を取り戻していた。先生と一緒の散歩も楽しいけれど、こうして引き綱なしで自由に歩き回る気分はそれはそれでまた格別だ。

いつの間にかもうすっかり日は落ちてあたりは薄青い暗闇にひたされ、空には星がまたたきはじめているが、日中の蒸し暑さはまだおさまっていない。タミーは夏が苦手だった。この暑さ、いつまで続くんだろうなあ。それでも季節は確実に移ろっていて、日は少しずつ短くなり、アブラゼミは鳴き止んでこの頃はツクツクボウシの鳴き声ばかりになっている。

このあたりは住宅街のはずれで、夕食の時間帯を過ぎると人通りもほとんど絶えてしまう。それでも油断は禁物だった。すぐ人目につくタミーのような大型犬がひとりでぶらぶら歩いている光景が、人間にとっては普通のこととは見えないらしいということをタミーが何とか理解したのは、厄介なトラブルに巻きこまれる経験を何度か重ねた後のことだった。通りすがりの見知らぬ人に挨拶しようと、ついにこにこしながら近寄っていくと大騒ぎが持ち上がって、何人もの人たちが顔色を変えて寄ってくる。うまく逃げ出せればいいが、保健所に連れていかれ、首輪の鑑札《かんさつ》から飼い主がわかって先生が駆けつけてくるという羽目に陥《おちい》ったことも一度ある。タミーにしてみれば何とも不思議なことだった。ぼくはただ、やあこんにちは、好い天気だねえ、気持ちが良いねえって話しかけたいだけなのになあ。

ともあれ、うかつな振る舞いで面倒な騒ぎに巻きこまれることにはもうすっかり懲《こ》りていた。前方に人影をみとめるや、電柱の蔭や草むらのなかにさっと身を隠す。隠れ場所が見当たらないときは、手近な家の門柱のわきに緊急避難して、その家の飼い犬みたいなふりをする。性格の良い犬がいて、自分の犬小屋にかくまってくれることもある。それはそれでけっこう面白いゲームでなくもなくて、犬がひとりで散歩していることを不審がられずに街中を移動する技術にかけては、タミーはもうかなりのベテランの域に達している。

「犬の木のしたで」って……たしかそう言ってたな。何だか知らないけれど、今夜何かがそこであるらしい。犬の木……？　タミーはまず近所の公園に行ってみることにした。ここには毎朝この付近で飼われている犬たちが飼い主に連れられてきて、犬の集会みたいなことになる。タミーと同じゴールデンのフーやん、ラブラドール・レトリーバーのポレポレ、ボストン・テリアのココちゃん、シェパードのベルフ小父《おじ》さんやアンティスお爺《じい》さん……。あそこには木がいっぱいあるよ。「犬の木」ってそれのことなんだろうか。

公園に着いてみると、中学生の一団がちょうど花火をやり終わって引き揚げようとしているところで、彼らが帰ってしまうとまったく人けがなくなった。犬の姿もない。人間に見つからないのは有難いけれど、ちょっとつまらないなあ。たしかにここには木はいっぱい生えていて、タミーはその間を小走りに駆けめぐって、ひと通りにおいを嗅《か》いでみた。

ベルフ小父さんのおしっこのにおいはまだ新しい。ついさっきまでいたんだな。ポレポレも来てたようだ。ここらへんの土にこんなに爪跡が入り乱れているのは、きっとここで二匹で取っ組みあって遊んだのに違いない。ぼくも仲間に入れてほしかったなあ。お、知らない犬のにおいだぞ、新顔か……。しばらく夢中になって調べて回ったけれど、ネズミもモグラも一匹も見当たらないし、どれが「犬の木」なのかわからない。いつまで経っても何も起こらない。

タミーは公園のいちばん大きな木であるニレの巨樹の根元に座りこんで、しばらくぼうっとしていたが、まあ、いいやと気持ちを切り替えて、川へ行ってみることにした。もともとお気楽な楽天家で、一つことを集中してじいっと考えつづけるのが苦手なたちなのだ。

途中、あちこちで道草を食ったので、川べりに出たときにはもうずいぶん夜も更けていた。この川は大工事の真っ最中で、最終的には上に蓋《ふた》がされて道路になってしまうのだという。豊かな葉を茂らせていた木々が無残な切り株の姿をさらし、コンクリートの堰ができ、大小の工事機械が放置されている。このうら哀しい光景を見たくなさに、以前はいちばんの遊び場だったこの川べりにタミーは、この頃ほとんど来ていなかった。

あーあ、こんなことになっちゃって……。川べりの遊歩道を行き来する人影はほとんどなかったが、念のために茂みの蔭に身をひそめ、タミーは頭を低くした伏せの姿勢になって、目の前の惨状にしばらく悲しそうに見入っていた。そのうちに我知らず、またちょっとうとうとしていたらしい。

　ふと目が覚めると、蒸し暑さはずいぶん薄れ、心地良いそよ風が岸から岸へと吹き渡って、タミーの頭や背中の毛をそよがせていた。さて、うちに帰るかなとタミーは思った。先生もあれでけっこう気紛れだから、案外早く帰ってきちゃうかもしれないし。それにしてもここは気持ちが良いなあ。タミーは伏せの姿勢からごろんと体を転がして仰向けになってみた。前足を二本そろえて軽く曲げ、左右の大きな耳を両側にだらりと垂らして、空を見上げる。月の出ていない暗い空に、今夜は珍しく沢山の星がちりばめられている。地上ではこんなとっ散らかった醜い風景が広がっているけれど、星はきれいだなあ。

　いや、星だけじゃないぞ……あれは……。星よりもっと細かな光の粒、光の埃みたいなものが無数に集まって、靄《もや》のようになって流れている。ぼうっとした光の靄が太い筋になり、ゆるやかな弧を描いて斜めに空を横切っている。光の帯……光の川……。そうだ、あれは「天の川」と言うのだった。いつだか、そう、まさにこの土手のこのあたりの場所で、一緒に空を眺めていた先生が教えてくれたのだった。

　光の川……川の光……。あれれ？　そのとき、タミーははっとした。それ、何だか聞いた覚えが……。そうだ、ついさっき、あの塀の向こうから聞こえてきた、ひそひそ声が言ってたことじゃないか。川の光のなかを、川の光を横切って、白鳥が飛ぶ、とか何とか。突然体中にみなぎった興奮で跳ね起きたくなった気持ちをこらえて、落ち着くんだと自分に言い聞かせながら、仰向けのままタミーはさらに目を凝らし、じっとその光の川に、川の光に見入った。

すると、どうだろう。その光の川の真っ只中に、いくつかとりわけ強く輝く星が浮かんでいるのが見えてきた。その並びかたは何だか、二つの線分が十字の形に交叉しているような気がする。さらに見る、もっともっと見つめる……。するとそこに、ついに、翼を広げて悠然と飛翔している巨大な白鳥の姿が浮かびあがってきた。大きな鳥が、まさしく川の光のなかに浮遊し、川の光を横切って飛んでいる。こらえきれなくなったタミーは跳ね起きて、四本の足を踏み締めて首をぐっと上げ、また空を仰いだ。凄《すご》いなあ、大きいなあ。世界は広いなあ。

……どのくらい時間が経ったのかわからない。ずっと空を見上げていたので首すじが痛くなってしまったタミーは、ようやく頭を下げてふうっと大きなため息をついた。たしかに白鳥は川の光のなかに浮かんでいる、とタミーは自分に言い聞かせるように考えた。「白鳥が浮かぶとき……」とあの声は言ったな。では、今がその時だ。「犬の木のしたで」、今この瞬間何かが起きているのだ。じゃあ、その「犬の木」って、いったいどこにある?

タミーの前を川が、これは地上の川が、静かな水音を立てて流れていた。草いっぽん生えていない赤土が剝き出しになり、大小のコンクリのブロックが転がって、哀しい淋しい光景が広がっているが、そんな両岸の間を、それでも澄んだ水をたたえて、川はいつもと変わらず悠々と流れていた。

そうだ、それならやっぱり「犬の木」も川と関係あるに違いない。うん、わかったぞ、わかったような気がする。タミーは身震いするような興奮を全身に感じながら、下流に向かって川べりを走りはじめた。

2

百五十メートルほど川下にくだると橋が架《か》かっていて、そのあたりで川はゆるやかに右へ、つまり南へ曲がって、川幅もほんの少し広くなる。その橋のところで工事区間も終わる。そこから先はタミーにはあまり馴染《なじ》みのない土地だった。しかし、そこからさらに数十メートル下流にくだったところで川幅がさらに広がり、流れの中央に中洲《なかす》ができているところがあることは知っていた。川幅はそのすぐ先でまた狭まっていて、つまり川が一箇所だけふくらんだようになっているのだが、そのふくらみに抱かれるようにして小さな中洲があるのだ。

そのあたりに以前に一度、先生と散歩に来たとき、「あの中洲は凸凹があって面白い形をしてるねえ」と先生が呟いたのをタミーは覚えていた。そのあたりでは川べりの遊歩道は水面からかなり離れた、高いところを通っている。その高みから見下ろすと、たしかにその中洲はあちこち突き出したり窪んだりしていて、その輪郭が何かをかたどっているようにに見えなくもない。

「亀の形……いやヒョウタンか……いやいや、ありゃあ、犬だよ。な、タミー、犬が横になってぐっすり眠っているみたいに見える。ほら、あれが頭で、あっちに尻尾が伸びて。走っているところを横から見たみたいでもあるな。こりゃあ、とんと、イヌ島だね」――その「イヌ島」という言葉が、今タミーの記憶から不意に蘇ってきたのだ。

そして、その「イヌ島」の真ん中には一本の見事なカシの大樹が生えていた。そのときの先生は、「ほら、あの木の根元に太い縄が回してあって、白い飾りが下がっているだろ？あれは注連縄《しめなわ》というんだ。あれは何か神聖な木なんだね。この川を守る神さまでも宿っているのかな」とも言ったのだった。

タミーは橋の下をくぐって、さらに川岸を走りつづけた。中洲が見えてきた。遊歩道の街灯も中洲までは届かず、太い枝を四方に張った大木の輪郭だけが、暗闇のなかにそこだけさらにいっそう暗く、黒々と浮かびあがっている。あたりはしんと静まりかえり、川のせせらぎだけが聞こえている。

中洲の少し手前でタミーは歩調をゆるめ、そこからは足音を殺して忍び足で近づいていった。すると、川の水音に混じって、流れを挟んで向かいに広がる中洲の方から、誰かが喋っているかすかな声がだんだん届くようになってきた。目を凝らしてみると、島の真ん中にそびえ立つ大樹を取り囲んで、何やら沢山の小さな影が揺れている。

「……詩を愛するわたしたちにとっての、貴重なつどい……。楽しい一夕をお過ごしいただきたく……。到着が遅れていますが、今夜は重要なゲストを招待しておりまして……。ご存じのように、彼はずっと以前からわれわれの待望久しいゲストでありまして……」

息を殺してじっと気配を窺《うかが》うなどといったことがもともと不得意なタミーは、その「ゲスト」という言葉を聞いたらもう我慢ができなくなって、どっぼーんと川に飛びこみ、中洲めざして猛然と突進した。水をじゃぶじゃぶかき分けて楽に歩いていけると思っていたのに、予想外の水深があり、いちばん深いところでは爪先が水底から離れかけ、鼻先を水のうえに突き出しながらちょっと犬かきをしなければならなかった。

タミーは中洲に駆け上がると、ぶるぶるぶるっと体を震わせて、水しぶきを四方八方に盛大に飛び散らせた。びしょ濡れの大きな犬の突然の出現に、木の前に集まっていた小動物たちは、キイキイ叫びながらパニック状態で逃げまどった。茂みに走りこむ者あり、つてくる慌て者あり、動転してうっかり川に飛びこみ、あわてて岸に逃げ帰ってくる慌て者ありの大騒ぎが持ちあがってしまった。

「やあ、気持ちの良い晩だねえ！」とタミーは叫んだ。「大きな白鳥が飛んでるねえ。遅れてごめんね。ぼくは自分がそんな重要なゲストだって知らなかったもんだから」

その場に一匹だけ取り残されるように立ち尽くしているのは年寄りのアナグマで、カシの木の根元にぴったり背中を押しつけ、がたがた震えながら、怯《おび》えきった目でタミーを見つめている。

「さっきは、ぼくを招待するために連絡に来てくれたんだね。ぼく、ちょっと寝ぼけてたもんだから、よくわからなくて」

「……いや、招待って……」咳払いをしてようやく掠《かす》れ声が出るようになったアナグマは、「あんたを招待なんぞ、してはおらんよ、われわれは」と辛うじて聞き取れるくらいのかぼそい声で言って、それでも気丈にタミーを睨《にら》みつけた。さっき岸辺にいたタミーの耳に届いたのは、どうやらこのアナグマのお爺さんの声だったようだ。

「ぼく、重要なゲストでしょ？」

「違います！」とアナグマのお爺さんはきっぱり言った。「あんたのことなんか、知らんぞ。あんた、いったい誰だ？」

「ぼくはタミーさ！　ごらんの通りのゴールデン・レトリーバーで、でもぼく、実は、女の子なんだよ！」そう叫ぶや、タミーはお座りをして伏せをして、それからさらに、ごろんと転がって仰向けになった。「どうです？」

「どうですって、何が？」

「これ、ゴロンの芸です。これをすると皆さん、たいそう感心してくださいます」

「それにいったいどういう意味があるのかな？」

「え、意味？　ゴロンの意味ねえ……。考えたことなかったなあ」

「考えの足りぬ犬じゃのう。いいかね、何ごとにも意味がある。深い意味、深い思想、それを追求せねばならん」

「ええっ？」タミーは目をぱちくりさせた。「そんなこと、考えたことないや。先生に聞けばわかるかも……」

「先生とは誰かな？」

「意味とか思想とかってことに、凄くくわしい人です。ぼくのご主人で、ちょっと間抜けなとこもあるけど、とっても良い人なんだ」

「ほう……」

その頃になると、あちこちの物蔭に隠れていた動物たちが、徐々に姿を現わして、こわごわ近寄ってきた。どうやら、面白半分にネズミを嚙《か》み殺すような凶暴な犬ではなさそうだ、と見きわめをつけたのだろう。三十匹ほどもいるだろうか、ネズミやモグラが多いけれど、リスもいる、モモンガもいる、アライグマもいる、ネズミより大ぶりのヤマネもいる。

「これ、何なんだい？　どういう集まりなんだい？」とタミーはアナグマに尋ねた。

「今、わしらは〈詩を愛する動物クラブ〉の年次総会を開いておる」とアナグマは言い、ちょっと得意そうに肩をそびやかし、「わしが会長のフョードル・ミハイロヴィチ」と付け加えた。

「えっ、フョードル……」

「フョードル・ミハイロヴィチ」

「言いにくい名前だなあ。ねえ、フョードルさん、〈詩を愛する動物クラブ〉って何ですか？　そもそも、詩っていったい何ですか？」

「ふん、詩を知らんのだな。それで、さっきわしが『意味』について問うたとき、おまえさんがきょとんとして、はかばかしい返答をできなかった理由もわかろうというもの。詩とは、深い意味と美しい形をそなえた言葉の織物のこと。〈詩を愛する動物クラブ〉は、詩を歌うこと、詩を聞くことを愛する動物たちのつどいなんじゃ」

「ははあ……。じゃあ、ぼくもそのクラブに入れてください」

タミーがそう言うと、今はもう戻ってきてタミーとアナグマの周りを取り囲んでいた小動物たちの間に、忍び笑いのさざ波が走った。「犬がねえ……」「あんなでっかい図体の……」「犬に詩がわかるかよ」「犬はお座りとゴロンでもやって人間にへつらってろよ」といった嘲《あざけ》るような囁きが洩れ聞こえる。

「えっ、何?」タミーは憤然として周囲を見回しながら、「実はぼくも以前からずっと、詩に興味を持っていたんだよ。ぼくも詩を……愛しているんだよ、たぶんね」語尾の方はちょっと自信のなさそうな、曖昧な小声になってしまった。

「ふふん」とフョードルは鼻先でせせら笑い、「本当かの? 怪しいもんじゃ」

「本当だってば。深い意味と美しい形だろ……」

「いやいや、タミー君とやら、詩をあなどってもらっては困るのう」さっきがたがた震えていたのもどこ吹く風、そっくり返ったアナグマの爺さんはもうすっかり偉そうな態度に戻っていた。

「あなどってなんかいないよ……」

「いやいや、わしの言いたいのは……」

「いいじゃないの」そのとき突然、上から声が降ってきた。「仲間に入れてあげなさいよ。

良い子みたいじゃない」

タミーは頭を起こしてうえを見上げた。最初は誰が喋ったのかまったくわからなかったが、闇のなかによくよく目を凝らしているうちに、カシの木のいちばん低い枝のうえに、金色の目が二つ、きらきら輝いているのにようやく気づいた。

「フョードル、あんた、あなどるとか何とか、言うことがいちいちもったいぶってて、鬱陶しいんだよ。意味とか形とか、そんなご大層なこと、どうでもいいの」年配の婦人のそのしゃがれ声は、きりっとしていて上品で、しかしどこか色っぽい艶がある。「詩なんて、ただ、自分のいちばん言いたいことをいきなり、真っ直ぐ言えばいいの。ただそれだけのこと」

「やあルチア、来てたのかい」とフョードルは言った。「降りておいで」

「あたしはここでいいわ。ここがいちばん良い席だからね」

「ルチアさん、ぼくもこのクラブに入れて！」とタミーは叫んだ。「ね、ね、いいでしょ！」

「ふふん、タミーさん、だったっけ」まだはっきり姿の見えないルチアの声が響く。「まずは、みんなの詩を聞いてみたらどう？　そのうえで、本当にあたしたちの仲間に入りたいのかどうか、もう一度じっくり考え直してみればいいじゃない」

タミーがじっと見つめていると、ルチアの翼が広がった。ルチアは鳥なのだ。ちょっと広げてみた翼をまた閉じ、くちばしを羽毛に突っこんで悠々と身づくろいしてから、ルチアは枝の先の方へ少しだけ体を移した。それでようやくタミーの目に彼女の姿がはっきりと見きわめられた。

「ルチアさん、フクロウなんだね」ルチアはそれには答えず、ただホウッ、ホウッと低く鳴いただけだった。

「ルチアは本クラブ唯一の鳥類会員なんじゃ」とフォードルは言った。「しかし、非常に良い詩を作る。いやはや大した才能……。それは認めざるをえん」

「でもさ」とタミーは言った。「フクロウは、ほら、ネズミとかを獲って食べる、でしょ? なのに……」

「ああ、ここでは、少なくともこの集まりの場では、そんな話はなし、なし。日頃の争いは全部、休戦だ。日頃折り合いの悪いクマネズミとドブネズミもここでは仲良く一緒に、詩を楽しむ。ほら、イタチのブルーノ君もそこにいるよ」フォードルが指し示す方に目を向けると、気弱そうな若いイタチが首をかしげて目顔で挨拶した。「フクロウもイタチも、今夜だけは小動物に手を出さない。みんなで詩を楽しむ特別な晩だから」

「じゃあ、ゴールデン・レトリーバーだって、仲間になったっていいじゃないか」わが意を得たりといったふうにタミーは言った。

「いや、そういう問題じゃなく……」

「そうだよ、いっこうに構わないよ」とまたルチアがフョードルの言葉を遮《さえぎ》った。「正直なところ、どうも、そのタミーさん、あんまり詩と縁のありそうな感じじゃないけど、でもこのクラブに犬が入っちゃいけないっていう決まりはないんだよ。第一、この木をあたしたちは〈犬の木〉って呼んでいるんだし」

「ええい、わかった、わかった」とフョードルはいらいらした口調で言った。「じゃあ、タミー君、どこか隅の方にいてもいいから、とにかくまあ聞いていなさい。ああ、ずいぶん時間を無駄にした。じっさい、えらい迷惑だよ。さて、それではいよいよ始めます。会員の皆さんに自作の詩を披露してもらいます。さあ、パフォーマンスの始まり、始まり!」

3

実際それは、タミーにとっては本当に楽しい晩になった。次から次へいろんな動物が登場しては、いろんな詩を朗誦《ろうしょう》する。メロディをつけて歌い上げる者もいれば、しんみりと語りかける者もいる。たんたんと日常会話のように喋る者があり、叫ぶように激情をぶちまける者がおり、舞踏のような優美なステップ付きでリズミカルに言葉を繰り出してく

る者もいる。

恋愛詩もあり（内気そうなクマネズミが「ぼくの恋人に捧げます」と前置きして語りはじめた）――

きみの美しいまなざしは
ぼくの体をほんのり温めてくれる
秋の午後の優しい陽ざし
きみの長い尻尾の気まぐれな動きは
恋の秘密が隠された
どうしても解読できない暗号
でも　きみのぴくぴく震えるヒゲに
そっとキスすると
きみの魂の鼓動がじかに伝わってくる……

何やら深刻な詩もあり（たいそう肥満したヤマネが大げさな身振り付きで訴えかけるように朗誦した）――

絶望のなかで呻吟《しんぎん》する空虚な夜
精神の錯乱と破滅が無限に反復され
狂おしい情熱の深淵が口を開けて
私は天上の救済を求めて迷路を彷徨《ほうこう》する……

リズムに乗った楽しい作品もあり（若いモグラがステップを踏みながら軽快なラップ調で歌い上げた）――

ミミズ、ミミズ、むっちり太ったミミズも喰わず
止まず、止まず、ビートは止まず
交わす、交わす、愛は蜜の味、苦い毒
いけず、いけず、おまえはいけずなファム・ファタール！（イェイ！）……

また、どうもよくわからない「前衛」的な作品もあった（このクラブの会長さんのフョードルが荘重な声音でしずしずと吟詠《ぎんえい》した）――

倦怠《けんたい》の穴からうねうねと這い出してくる白蛇のイマージュ　それは乳母車とシャー
プペンシルの　床屋の椅子のうえでの不意の出会いのように美しい　たとえ穴あき
チーズのような希望を冷たく拒絶しようとも　深夜零時の弔《とむら》いの湖の水面に玻璃《はり》色
のさざ波が立ち……

この最後の作品には、うーん、「深い意味」があるんだろうなあと頭をひねりながらも、どう挨拶したものかちょっと困ってしまったものだが、しかしそれも含めてどれもこれも、タミーにはとても面白かった。

なかでも、当初ペットとして人間に飼われていたのに、可哀そうに棄てられて、この川辺に棲みつくことになった老ハクビシンの詩には、他の動物たちともども、すっかり感動して涙ぐんでしまったものだ。このお爺さんは外国訛《なま》りの、ちょっと妙な言葉づかいとアクセントで（それがかえって良い味になっていた）、ふるさとの中国の風景を懐かしむ気持ちをせつせつと謳《うた》い上げたのだ。それから、新婚早々のアライグマの若夫婦がふたりで参加していて、初めて一緒に夜を過ごした翌朝の気持ちを、ふたりで交互に掛け合いのようにして謳い上げたのも、何ともすてきだった。皆の喝采を浴びながらふたりがういういしく頬を染めたのが可愛かった。

　ともかく、入れ替わり立ち替わり、沢山の動物が〈犬の木〉の前に立ち、観衆に向かって語り、歌い、踊った。不思議と言えば不思議な光景だった。川の中洲にそびえる大樹の前に、小さな動物が一匹立って、詩を朗誦している。三十四ほどの同じような動物たちがそれを囲んでじっと聞き入り、しかしそのなかに一匹だけ馬鹿でかい黄色い犬が混ざっていて、その犬も少し頭を下げ、演者を見つめながら真剣に耳を傾けている。それはとても謎めいた、しかしどこか懐かしさをかき立ててやまない光景でもあった。

「さて、そろそろお開きの時間が近づいてまいりました」とフョードルが言った。「いやはや、ほんにまったく、傑作ぞろい。本クラブの年次総会にふさわしい、すばらしい宵《よい》になりました。しかし、ゲストはまだ来ませんなあ。残念なことに……」タミーは声をひそめて「ゲストって誰だい？」と周りの動物たちに訊《き》いてみたが、「しっ、静かに！」という返事しか返ってこない。

「では、最後はやはりルチアに締めくくってもらうかな」フョードルがそう言うと、翼を広げたルチアが枝を離れ、地面にふわりと降り立った。翼をたたみ、頭を俯《うつむ》けてくちばしを胸に突っこんでしばらく黙っていた。ルチアがきっと顔を上げると、射抜くようなその金色の瞳の鋭い光にタミーははっとした。それから、あんな小柄な体からよくこういう声が、と思うような深々《ふかぶか》とした豊かな声で、ルチアはこう謳った——

わたしは飛ぶものだ
夕暮れのかぐわしい空気を翼でうって
わたしはつがうものだ
孤独の闇からひそかに抜けだして
わたしはあえぐものだ
話すことも歌うこともできないとき
もっと歳をとって　やがて
森のいちばん奥の暖かな草むらに
力尽きてひとり横たわる　最後の瞬間
誰かから——それは一度も会ったことのない
でも生まれる前からよく知っているあの誰か——
静かな声で訊かれるだろう
おまえはついに何だったのかと
そうしたら答えよう

わたしは飛び　つがい　あえぐものだった
だからわたしは誰よりも幸福だった　と

しばらく沈黙があり、それから拍手が起こった。タミーも一生懸命拍手した。うーん、よくわからないけど、何だか凄いや。拍手が静まるとフョードルが、

「うーん、さすがはルチア。会の締めくくりにふさわしい、とても良い詩だったね。では、今夜はこういうことで、そろそろ――」

「待って、待って」とタミーが叫んだ。舌をだらりと出して、ハッ、ハッ、ハッ、と荒い息づかいになっている。「ぼくは？　ぼくの詩は？」

「ぼくの詩って……。おまえさん、そもそも詩というものがいったい何なのか、ついさっきまで知らなかっただろ。正直に言いなさい」

「うーん、そうね。正直に言えばそうです。でも、詩がどういうものか、もうわかったし、ぼくも表現したいことがあるんだ」

するとと動物たちの間から失笑が起こった。「表現」だってさ、笑っちゃうよ、ゴロンで喜んでいる犬ふぜいが……とか何とか。しかし、そのとき、

「タミーにもやらせなさいよ」とルチアがちょっぴり声を高めてきっぱり言った。すると、

たちまち失笑は止んでみんな静かになり、ちょっと身じろぎして座り直したうえで、真剣に聞こうという体勢になった。そこでタミーは〈犬の木〉の前に出ていって、そこでくるりと向き直って座りこみ、それからまず、後足で耳の後ろをちょっと掻いた（そこが痒《かゆ》かったからだが、これはあんまり詩的な動作ではないな、まずいぞと思わないでもなかった）。しばらくうえを向いて考えをまとめてから、観衆に真っ直ぐ向かい、大きく息を吸って、

　ホラホラ、これがぼくの骨だ――

と始めると、たちまち、「おい、それ、盗作だろ。何かそういうの、聞いたことあるぞ」という声が飛んだ。
「え、知らないよ、ぼく。うるさいなあ。ぼくの大好きな骨の美味しさをたたえる詩、黙って聞いててよ。うーんとねえ……ああ、途中で腰を折るから、続かなくなっちゃったじゃないか。じゃあ、別の形でやらせてもらいます」タミーはそう言って、最初からやり直した。

ぼくの好きな骨かじり
ぼくの好きなふかし芋
ぼくの好きなロースハム
ぼくの好きな水遊び
ぼくの好きな友だちとの取っ組み合い
ぼくの好きな雪のなかでの転げ回り

「おいおい、転げ回りっていったい何だ？」と誰かが叫んだ。

「うるさいなあ、もう。転げ回りは転げ回りだよ」とタミーは答えた。「転がりながら回るんだ。回りながら転がるんだ。あれは、じっさい、たまらんのです。えーとね……さあいいかい、先を続けるよ」――

ぼくの好きな雨のなかの散歩
ぼくの好きな雨の降りだす直前の空気のにおい
ぼくの好きなよく熟《う》れた甘いリンゴ
そのしゃりしゃりした歯ごたえ

ぼくの好きなバタークリーム入りビスケット
ぼくの好きな冬の夜のあったかい寝床
それから、長い冬のあとにやっと来た最初の春めいた日の、朝の陽ざしのなかに
ただよう、若草の芽のにおいと、えーと……

「おいおい、いつになったら終わるんだあ？」
「うるさいなあ、もうちょっとだよ」

そういうぜんぶと
ほかにももっと沢山
もっともっと沢山好きなのさ
大、大、大好きなのさ！

「終わりです。ご清聴有難うございました」とタミーが言うと、まばらな拍手もあったが、冷やかしの口笛のピーピーという音の方がむしろ大きい。聞こえよがしに、せっかくルチアの詩で厳粛な気分になれたのに、その後にこれかい、と吐き棄てるように言う者もいる。

「あーあ、きみたち、この詩の良さがわからないのかい。『大、大、大好き』ってとこが凄くいいのに、わからないのかな。やんなっちゃうな——」と不平たらしく言いはじめたタミーは、急に口を噤《つぐ》んだ。ふと気づくと、いつの間にか口笛もざわめきも止んで、あたりを沈黙が支配しているのだ。

タミーひとりが途惑うなか、その場の小動物が皆黙りこんで、じっと集中して、何かに耳を澄ましている。と、彼らはいっせいに走り出し、中洲が突き出して川の左岸にいちばん近くなっているところの突端に、どっと集まった。この中洲が犬の形をしているとすると、前足の先っぽあたりということになる。「静かに！」とフョードル爺さんがぴしっと言うと、ざわざわしかけていた空気がすぐ静まった。少し遅れて後ろからのそのそ近寄っていったタミーが、「おい、何だい……」と言いかけると、フョードルがタミーに顔を向けて、「静かに！」とまたぴしっと言った。タミーは黙って、みんなと同じように対岸に目を向け、耳を澄ました。

ほどなく、「ホー、ホー、ホー」というかすかな声が聞こえてきた。フクロウの鳴き声に似ているものの、やっぱり違う。最初の「ホー」が高く、次のが低く、最後のがまた高い。何かの合図なのだろう。しばしの静寂があって、それからもう一度その三拍子の「ホー、ホー、ホー」が聞こえた。さっきまでみんなが息を詰めていた、その緊張がいちどきにゆるみ、「やっと来た……」「遅かったねえ」「でも、やっぱり来てくれたんだ」などと口々に言う声が上がった。

やがて、対岸の草の茂みの間から、ネズミが一匹、体を起こして、二本の後足で立ち上がる小さな姿が見えた。「グレンだ！」「グレンが来たぞ！」という歓声が上がった。

4

「やあ、みんな、遅くなってごめん」と向こう岸からグレンが叫んだ。

「グレンさん、よく来ましたな！」とフョードルが嬉しそうに叫び返した。「しかし……」

「うん、その『しかし』ですね、フョードルさん」とグレンががっかりしたように言った。「遅すぎましたか……。もう水位が上がってしまって……」

「ということですなあ。まことに残念至極。ついさっきまでなら、何とか歩いて渡ってこられたんだが」

「そう。はくちょう座が空にのぼりかけた頃……」

「はくちょう座というのは、わし座やこと座のような他の夏の星座と比べると、ずっと遅れてのぼってくる星座なんだが、この季節、ちょうどその頃合いに、なぜか毎夜、この川の水量が減る。水底が現われて、岸とこの中洲が陸続きになる」

「『白鳥が浮かぶとき、犬の木のしたで』——ええ、それが合い言葉でしたね。いやはや、到着が遅すぎました。途中、ちょっと事情があって、引っかかってしまいましてね。こんなに水位が上がってしまっては、もうそちらには渡れない」

「明日の正午を回れば、また水位が下がり出すんだがなあ。われわれはそれまでここに残って、それから帰るつもりだから良いんだけれど。今夜のこの会にあんたに参加してもらうことは、残念ながら——」

そのとき、フョードルたちの頭を背後からひと跳びに飛び越えて、大きな動物がどっぼーんと川に飛びこんだ。その場の全員が仰天して凍りついたようになっているなか、タミーはそのままじゃぶじゃぶ歩いて岸まで行くと、グレンに向かって「やあ」と言った。

「きみがグレンかあ。ぼくはタミー」

巨大な犬がいきなり中洲から飛びだして、川を渡り、自分めがけて突進してくるのにびっくりして、茫然としていたグレンは、それを聞いてほっとした。と同時に、嬉しくて嬉しくてたまらなくなった。

「ゴールデン・レトリーバーのタミー！　もちろんきみのことは知ってるよ」

「だよね。ぼくらには共通の友だちがいるから」

「あのすばらしい三匹の一家……」

「うん。ねえ、グレン、ぼくの背中にのっかりなよ、運んであげるから」タミーが伏せの姿勢になって顔を横に向け、グレンに目配せしてうながすと、グレンはすぐさまタミーの背中に駆け上がった。「そう、首輪につかまっているといい。落ちないように気をつけて……」

タミーがグレンを落とさないように気をつけながら、またじゃぶじゃぶと川を渡って中洲に戻ると、〈詩を愛する動物クラブ〉の会員たちはさっと左右に分かれてタミーたちを迎えた。

「おやおや、タミー君、あんたはグレンさんの友だちだったか」フォードルの口調はがらりと変わって急に丁寧になった。「それならそうと、早く言ってくれれば……」

「うーん、友だちってわけでも……。今夜が初対面なんだもの。でも、グレンのことはいろいろ聞いてるから」

「ぼくもきみの話はいっぱい聞いた」とグレンも言った。

「友だちの友だちは、友だちさ！」タミーはグレンを背中にのせたままずんずん歩いていって、〈犬の木〉の前まで来ると、そこで体を伏せてグレンを下ろした。

「有難う、タミー。きみがいなかったら、この島には渡れなかったよ」

「いいさ。ねえ、グレン、きみの詩を聞かせてよ」タミーがそう言うと、そうだ、そうだ、待ってました、という声が周囲からいっせいに上がった。

「あ……うんうん、もちろんそのつもりで……。しかし、ちょっと待ってください。着いたばかりで、まだ気持ちが何だか……」グレンは深呼吸をしながらその場に座りこんでしまった。そうだそうだ、少しは休ませてあげなよ、という声も上がる。

「すみません、ちょっと気持ちを整理しないと。何しろ昨日から今日にかけて、いろいろ大変だった……」

そのとき、誰かが、あっ、ほら、空、と小さく叫んだ。皆が見上げると、たしかに夜空で何か凄いことが起ころうとしていた。天の川の真ん中を巨大な白鳥が飛翔している、まさにその胴体のあたりから、小さな星のかけらが一つ飛び、投げられた小石の軌跡のような曲線を描いて消えた。と、思ううちに、またもう一つ。さらにもう一つ。光の粒がさあっと流れては消えてゆく。「始まったぞ」とフョードルがかすかな声で呟いた。そう、それは始まったばかりだった。今度はあっちに、今度はこっちに。それはいつまでも続いて、しかも何だかだんだん数を増してゆくようだ。動物たちは皆、その金色や銀色に輝く放物線の美しさに心を奪われて、言葉もなくただうっとりと見上げるばかりだった。

これはいったい何なんだ、とタミーもまた恍惚としながら考えた。きれいだなあ。光の粒が降ってくる。沢山降ってくる。まるで雨みたいに。光の雨……。タミーははっとした。

夕方聞いた、あの小さな囁き声が蘇ってきた。「いよいよ……」「いよいよ今晩……」「楽しみだねえ」「光の雨……」「待ち遠しいねえ」——あれは、これのことを言っていたに違いない。この連中が今晩ここに、この神聖な木のしたに集まってきたのは、これが起こること、まさしく今夜この時刻に起こることがわかっていたからなのだ。このクラブの「年次総会」とやらは、だからぜったい今夜でなければならなかったのだ。そんなふうな予見の力というものも、今晩初めて知った詩というもののおかげのような気がタミーにはしてならなかった。

そのとき、静かな確信に満ちた、耳に心地良いグレンの低い声が聞こえてきた。タミーも他の動物たちも、グレンの方をちらりとも見なかった。それがこの詩を聞く正しいやりかただと、直感的にわかったからだ。ただ夜空から地上に降りそそぐ流星の雨に一心に目を凝らしながら、ひとことも聞き洩らすまいとグレンの声にじっと耳を傾けていた。グレンの言葉が水のように沁みとおってくるにつれ、まるで自分の心が体の外に連れ出され、小さな明るい火花が走り抜けてゆくこの広い空に溶けこみ、拡散し、光の波に運ばれて天の川をゆっくりと下ってゆくような気持ちになった。

光の川を下ってゆくこの一艘《そう》の舟に

たまたま乗り合わせただけなのに
ぼくらはもう強い絆でしっかり結ばれて
目的地のわからない旅を続けてゆく
ときにはこうして時間の中洲に乗り上げて
そこで過ごすひとときの至福
ところどころでゆったり淀んだり
不意に渦を巻いたり　滝となって落ちたり
しかし一瞬もとどまることなく
ぼくらを未来に向かって運んでゆく
この悠久の光と水の流れ
その光の一粒一粒　この水の一滴一滴が
ぼくらひとりひとりの魂だ
ちっぽけで弱くて　こらえきれないほどの
淋しさにいつも震えているぼくらの魂
でも　ぼくらは孤独じゃない
流れに運ばれ　流れに溶けて

あの大きなもののなかに
最後には還《かえ》ってゆくのだから
その大きなものを仰いで
ときどき心の底から言いたくなる
有難う　と
それはこの世でいちばん美しい言葉
この空に　この川に　この光に
今夜もぼくは言う　有難う
この舟のあてどない旅はまだまだ続く

グレンの詩が終わっても、誰も拍手も喝采もしなかった。彼の言葉がかき立ててくれた感動を、そんなことをして壊すのがもったいないと皆感じていたのだ。それに、光の雨はまだ続いていた。縦に、横に、斜めに、流星がひっきりなしに空を横切っては消えてゆく。どのくらい時間が経ったのか、ようやくそれが間遠になり、その間隔もますます長くなっていった。

流星雨が終わったことがわかると、動物たちは夢から覚めたように、しかしまだ半ば夢の世界にひたりこんでいる、寝ぼけた者同士のように、とりとめのないお喋りを始めたが、大きな声を出す者はいなかった。急な身動きで何かを壊すことに怯えているように、小声でそっと喋っては、自分自身の声の響きに驚いたようにまた黙りこくってしまう。みんながふつうに会話をできるようになるには、それからさらにずいぶん時間がかかった。ようやくそうなってから、とても良い詩を聞かせてくれて本当に有難うと、グレンに向かって一同が口々にお礼を言った。

「ああ、今夜、最初からここにいたかったなあ。みんなの詩を聞きたかったよ」とグレンは言った。

「あんたをずっと待っとったんですぞ」とフォードルはやや批難がましい口調で言った。「あんたをゲストに迎えるのは、このクラブの会員全員の、久しい以前からの夢だったんじゃから。あんたは忙しすぎて、いつも何やかやで駄目になってしまってなあ。今度こそ、それが実現することになって、われわれ一同、心底楽しみにしておったのに……」

「すみません、フォードルさん。間に合うはずだったんですよ、余裕をもって十分に。ところが途中で……。これはちょっと長い話になりますが、まあ聞いてください――」

「ごめんね、グレン」とタミーが言った。「その話、とっても聞きたいんだけど、ぼくはもう帰らなくちゃ。ほら、何だか少し、あたりが明るくなりかけてるみたいじゃないか。

もう夜明けがそんなに遠くない。さすがにもうそろそろ、ご主人の先生が帰ってくる時刻だからね。ぼくはぜったい、その前に帰っていなくちゃ。いや、先生、もう帰ってきちゃったかもしれないぞ。急がなくちゃ……」

「タミー君」と重々しい口調でフォードルが言った。「きみをわが〈詩を愛する動物クラブ〉の正会員として迎えることに、わしはけっしてやぶさかではないぞ」

「えっ、ほんとに? いいね、いいね!」タミーはバウッとひと声吠えて、嬉しそうに、ぴょん、ぴょん、ぴょんと跳ねながらその場でひと回りした。

「でも、会長、新会員の入会が認められるには、現会員二名の推薦が必要、とクラブの規約にありますよ」と誰かが不満そうに言った。会長、独裁なんだよ、という声も聞こえる。

「わかっとる、わかっとる。むろん、わしが推薦するさ。グレンさんに川を渡らせてくれたこの功績は、まことに大したもの。さっきのタミー君の詩だって、考えてみるとそう悪くはなかったぞ。たしかに、あまり深い意味はない、深くはないが……。『大、大、大好きなのさ!』、か……。ううむ、わしの詩法からすると、ちょっとどうかと思わんでも……。しかし、まあ、素直な良さはあるかのう……。とにかく、わしがタミー君を推薦します。ふたりの推薦か。じゃあ、あとひとりは――」

「もちろん、あたしが」というルチアの声が上から降ってきた。みんな、この小さなフクロウのことをすっかり忘れていたので、思わず飛び上がってしまった。一同がいっせいに見上げると、枝のうえに金色の瞳が二つ、謎めいた輝きを放っていて、それがぱちりと一度、まばたきした。「あたしはこのクラブでたった一羽だけの鳥で、タミー、あんたはたった一匹だけの犬よ。仲良くしましょうね」

「どうも有難う、ルチアさん。どうも有難う、フォードルさん。それから、みんなも、本当に有難う。今夜はとっても、とっても楽しかった。さあ、もう行かなくちゃ。グレン、次のときはもっとゆっくり話をしたいねえ。きみと話したいことがいっぱいあるからねえ」

タミーは早口にそう言うと、皆を見回してもう一度バウッと吠えるや、くるりと向き直って川に飛びこんだ。対岸に駆け上がり、ぶるんと大きく身震いして水しぶきを飛ばすと、もう振り向きもせずに、川の上流に向かって一目散に走り去った。街灯の明かりを浴びて大きな犬の体が一瞬美しい金色に輝いたが、それも暗闇に紛れてたちまち見えなくなった。

グレンはなぜ遅れたか

1

まだ明けやらず、仄《ほの》かな暁《あかつき》の光が大気にみなぎるなか、ネズミのグレンは出発した。川原の水草の茂みのあちらこちらからまだ眠そうな蛙《かえる》たちの鳴き声が聞こえるけれど、樹上で首を自分の羽毛にうずめた鳥たちはまだ目覚めていない。グレンは川べりの草むらの間を足取り軽く、小走りに進んでいった。

明晩、川の下流の小さな島で詩の朗誦のつどいが開かれる。グレンはその催しに名誉ゲストとして招待されていて、ようやくそれに応じる暇と気持ちのゆとりができたことが嬉しくてたまらなかった。川の流れに沿って午前中走れるかぎり走り、陽射しが強くなってきたらどこか涼しい木蔭に寝転んで昼寝でもしていよう。夕方になったらまた走り出し、行けるところまで行ったら野営の準備をして食べ物を探す。夜が明けても、さらにその日いっぱいまるまる一日あるのだから、休み休みのんびり行っても時間の余裕はたっぷりあるはずだ。

ここ数か月、アナグマのフョードルが何度か使いをよこして、ぜひ来てほしいと誘ってくれていたが、その親切に報いることができずにいたのがグレンにはずっと心苦しかった。この春先、グレンとその仲間たちは苦心惨澹《くしんさんたん》の挙げ句、川のこのあたり一帯を支配していた凶悪なボスネズミとその軍隊を追い払うという大変な難事業をやり遂げたばかりだった。しかし、戦いが一応終わった後もちょっとした悶着や小競り合いは頻発し、反乱軍のリーダーだったグレンがそのつど調停の場に担ぎ出されることになった。この川べりを、ネズミも他の小動物も仲良く平和に共存できる土地にするために、知恵を絞ったり労力を費やしたりしなければならないことが山積していて、詩の朗誦どころではない目の回るほど忙しい日々の連続だったのである。

もう自分の仕事は終わった——とグレンが感じるようになったのは、ほんのここ十日ほどのことだ。往時のボスネズミの暴虐と醜行を間近で見ていたグレンには、群れの長《おさ》に祀《まつ》り上げられる気などさらさらなかった。上下の権力関係の貫徹した組織など百害あって一利なしだと身に沁みて知っていたからだ。その組織も、支配者のボスがいなくなったとたん思いのほか呆気なく瓦解《がかい》し、それとともに、弱い者に対して威張り散らしたり強い者に卑屈なおべっかでへつらったりするような気風も、有難いことに群れから自然に薄らいでゆくようだった。あのボスの圧政期にそんな醜悪な気風が蔓延していたのは、群れが一時的な狂気に取り憑《つ》かれていただけなのだとグレンは思った。もともとドブネズミというのは多少気が荒いところはあっても、基本的にはのんきで楽天的で情にもろい動物なのである。

そういう動物たちが助け合いいたわり合い、お互いを尊重し合って平和に暮らしてゆくためには、強大な権力も軍隊の規律も不必要だ。ただ、知力と体力に優れ思いやりのある相談役のような存在が複数いればそれでよい。幸い、反乱軍の盟友だったドラムやガンツをはじめ、そういう役割にうってつけのヒーローは何匹もいる。このところグレンは、彼の肩代わりができるそうした小リーダーを育てることに精力を傾注し、自分の政治的役割をだんだんと縮小することに努めてきて、そしてその努力は実を結びつつあった。

戦いの日々は終わった、とようやくグレンは思うようになっていた。後は、元の木阿弥にならないよう、群れがふたたび間違った方向に走り出さないよう、皆で注意を怠らないことに努めていさえすればよい。そういう心境になると同時に、美しいものへの憧れが不意に彼の心に蘇ってきた。皓々《こうこう》と照る満月から落ちてくる光は美しい。夕立ちが止んで晴れ上がった空にかかる虹も、蜘蛛《くも》の巣にちりばめられた水の雫のきらめきも美しい、世界は本当に美しい……。そんな矢先、アナグマのフョードルからまた誘いが来た。

フョードルは昔馴染みの友だちだが、もうずいぶん長いこと会っていない。わけのわからぬ言葉を連ねて詩と称し、陶酔しきって吟詠するのが大好きなこの愛すべき老アナグマは、「ドブネズミ帝国」の狂態に嫌気がさしていち早く境界外へ逃げ出してしまっていた。風の便りに聞けば、ずっと離れた川下に居を定め、詩の好きな小動物を集めて、いつの間にか〈詩を愛する動物クラブ〉とやらの会長に収まっているとか。「帝国」攻略の騒ぎが一段落した今、フォードルに再会して旧交を温めたいという激しい気持ちがグレンの心に急に湧き起こった。

グレンが今、川下めざして口笛でも吹きたいような軽やかな足取りで走っているのはそうしたわけだった。恋人のサラが一緒に行くと言い張って出発間際まで駄々をこねていたが、身軽で無責任なひとり旅を久しぶりにしてみたいという彼の気持ちを最後には理解し許してくれた。

計画通り、午前中のうちにずいぶん走って距離を稼いだ。ぐんぐん気温が上がって目が眩《くら》んできたのをしおに休憩をとることにする。土手の傾斜と大木の間の日蔭にひんやりした枯れ葉の堆積《たいせき》があったので、その間に潜りこみ、辛うじて暑さをしのぎながらうとうとした。目が覚めたときには午後の陽射しにやや翳《かげ》りが見えていた。このところ連日きびしい残暑が続いていて、今日もこの蒸し暑さは深夜過ぎまで収まらないだろう。枯れ葉のシーツの間でもう少しのらくらしていてもよかったが、出発したときからの浮き立った気分は相変わらず続いていて、日没にはまだしばらく間があるけれどグレンはすぐ走り出した。

　川に沿って少し進んだところで、ふと気紛れな考えが浮かんだ。ボスネズミとの対決を決意して川べりに戻ってくるまで、グレンは長い月日、人間のための図書館に身をひそめて隠者のように暮らしていた。それはこの世界の現実の荒波から彼を護ってくれる居心地のよい小ユートピアだったのだが、ある時点で彼は、その安逸を棄てて現実のただなかに還っていこうと心を決めたのだった。図書館に棲んでいた頃、グレンは、夜、ひと気のなくなった閲覧室にさまよい出て、窓際に立って外を眺めながら、このガラスの向こう側の「本当の」世界では、いったいどんなことが起きているんだろう、と夢見るように考えることがあった。深い諦めと仄かな哀しみに彩られたその想いは、いきなり始まった戦いの日々の間、心の底に押しこめられすっかり忘れ去られていた。それが、「帝国」の壊滅と群れの再編という当面の課題が一段落し、快い解放感を嚙み締めながら軽やかに走っている今、グレンの心に不意に蘇ってきたのである。街を、家々を、人間の暮らしぶりを間近で見てみたい。もともとネズミは好奇心の旺盛な動物だ。

　ちょっと道草をしよう、とグレンは心のなかで呟き、川辺から離れて土手を越え、街のなかへ入っていった。猫や犬に見つからないよう用心しいしい、物蔭から物蔭へと伝って、家々の生け垣のきわを抜け、ひと気のない庭を突っ切り、気の向くままジグザグに道を曲がってゆく。帰り道に迷う心配はない。グレンは根っから、川のネズミだ。家や道や公園がどれほど間に挟まろうと、懐かしい川の光、川のにおいの方角を間違えることはない。

2

ネギやゴボウがはみ出した買い物袋を提げたまま、道端で立ち話をしている女の人たち……。壊れたおもちゃを前にしゃがみこんで、大きな声で泣いている男の子……。ちょっと離れたところからその子に向かって、早く来なさいと叫んでいるお母さん……。庭の一角にしつらえた棚に並ぶ盆栽の鉢に向かい、鋏《はさみ》を手に何やら一生懸命手入れしているお爺さん……。宅配便の配達トラック……。見るもの聞くもの、グレンは面白くてたまらなかった。

商店街に出た。けっこう人通りが多い。しかしこの時間帯、猫たちは暑さを避け、どこかひっそりした涼しい日蔭を見つけてまどろんでいるし、犬が散歩に連れ出されるのも日が落ちてからのことが多い。ただ、人間に近づきすぎないようにさえ気をつけていればよいのだとグレンは思った。サンダル履きのペタペタという足音、革靴のカツカツという足音……。魚屋の店先の威勢のよい呼び声……。シュッと開いてシュッと閉まるコンビニの自動扉……。そのコンビニのなかに思いきって飛びこんでみようかとさえグレンは一瞬思い、えいっとジャンプしかけたところに、ぬっと大きな靴が現われて辛うじて急停止し、肝を冷やした。危ない、危ない、浮かれすぎるととんでもないことになるぞ。

ランドセルを背負った子どもたちが通りに急に溢れ出したのにギョッとして、手近なポリバケツの蔭に走りこみ、そこに隠れてしばらくじっとしていた。どうやら低学年の小学生たちの下校時間になったらしい。大騒ぎしてふざけ合ったり、覚えたての曲をリコーダーで吹き鳴らしたりしながら子どもたちが通りすぎてゆくさまを、グレンはそっと頭だけ覗かせてこわごわと見物した。面白いなあ。この世界ではいろんなことが起こっているんだなあ。

子どもたちの行進がまばらになったので、グレンは隠れ場所から飛び出し、散歩の続きにかかった。商店街から細い路を折れ、少し行くと路沿いに金網のフェンスがずっと続いているところにさしかかった。金網の隙間から覗いてみるとだだっ広い空間が開けていて、その奥に三階建ての大きな建物が見える。そこから出てくるランドセル姿の子どもたちがまだちらほらといて、校庭を横切り道路に抜けて三々五々散ってゆく。さっきの子どもたちもここから出てきたんだな、とグレンは思った。グレンが見ていると、いきなり二階の窓の一つががらっと開いて、大人の男が顔を出し、真っ直ぐ帰らず校庭にぐずぐずして、輪になってお喋りしたり鬼ごっこしたりしている子どものグループに向かって、「ほらほら、道草喰ってないで、早く帰れ、帰れ！」と陽気な声で叫んだ。「はーい」と口々に答えて校門に向かう子どもたち。

　グレンはフェンス沿いに走っていった。校門の前に来たが、子どもたちが途切れる瞬間を狙ってさっとすり抜ける。やがてフェンスが尽きようとするところで、グレンはふと足を止めた。校庭の端っこは土の地面になっていて、木立ちや草の茂みがある。その片隅に、やはりランドセルを背負った女の子と男の子が一人ずつ、それに大人の若い女性が、円陣を組む恰好でしゃがみこんでいる。三人の間には小さな穴が掘られている。

　ちょうど女性がシャベルを傍らの地面のうえに置いたところだった。男の子が両手で捧げ持つようにした何かを、大事そうにそっと穴のなかに入れた。女の子がしゃくり上げはじめ、啜《すす》り泣く声がだんだん大きくなってゆく。グレンが耳を澄ますと、女の子は、「えっ、えっ、えっ……ウーちゃん、ウーちゃん……」と囁きながら、穴の底のものを撫《な》でているようだ。

　フェンスの下端がちょっと歪《ゆが》んで、地面との間に狭い隙間ができている。グレンはそこに潜りこみ、手早く土をかき分けて隙間を広げながら、フェンスの向こう側に出た。あたりに気を配りつつ草の茂みをジグザグに伝って、慎重に三人のそばに近づいてゆく。三人は穴に入れた何かをじっと見つめていて、小さな灰色のネズミが恐る恐る近寄ってきたのにはまったく気づいていない。大人の女性の方も涙ぐみながら、女の子の肩を優しく叩いている。

「大丈夫、大丈夫……」と彼女は慰めるように呟いていた。「ウサ太、ぜんぜん苦しまなかったよ。眠っているうちにすうっと……。だって、もう、凄い年寄りだったんだから。人間で言えば九十歳くらい。幸せな生涯だったんだよ。美味しい草やニンジンをいっぱい食べて、ミサコちゃんたちに毎日いっぱい可愛がってもらって、いっぱい遊んでもらったでしょ？」

「……昨日もずっと撫でてたの」とそのミサコちゃんという女の子が言った。「先週からほとんど歩けなくなってたのに、昨日の夕方、レタスを見せたら、よちよち歩いてきて、ほんのちょっぴりだけど、食べてくれたの。だから、元気になったのかなあって……。それなのに、今朝来てみたら……」

「ウーちゃん、きっと、レタスが美味しかったなあ、今日も楽しかったなあって思いながら眠りこんで、幸せな夢を見ているうちに、そのますうっと天国に行っちゃったんだよ」

「天国って、ほんとにあるのかな、コムロ先生」と男の子が言った。

「わたしは、あると思う」とコムロ先生が答えた。「ウサギたちの天国……。広い野原の真ん中にきれいな川が流れていて、遠くにはなだらかな丘が重なり合いながら、どこまでも続いている場所。沢山のウサギたちが嬉しそうに跳ね回って、美味しい草を食べたり体を寄せ合ってうとうとしたりしているんだよ……。ねえ、今度その光景を描いてくれないかな、タクヤくんは絵が上手《うま》いから」

「いいよ！」とタクヤくんが勢いこんで言った。「ウーちゃんが赤ちゃんウサギに戻って、楽しく暮らしている天国の絵！　ねえ、来週の図工の時間にみんなで描こうよ」

「いいわね」それからコムロ先生はため息をついて、「でも、ウサ太が死んで、これで、うちの学校の動物ケージ、とうとう空っぽになっちゃった。ちょっと淋しいねえ」

三人がいっせいに頭を向けた方向にグレンも目をやると、低い柵で囲われた草地の向こうに、白く塗られた板張りの、居心地よさそうなケージがあった。ウサギのような小動物なら何匹か飼えそうな大きさなのに、たしかに金網の奥には動くものの影が一つもない。

グレンは、目に涙を溜めた三人が土を被せて穴を埋め、「ウーちゃん　やすらかにねむってください」と書かれた（グレンにはもちろん読めなかったが）プラスチックの札をそのうえに立て、小さなお墓に向かって手を合わせて拝むまでをじっと見ていた。それから、立ち上がりかけた三人に見つからないうちに身を翻して道路に戻り、だっと走り去った。

3

ずいぶん道草を喰っちゃったけれど、さて、そろそろ旅の続きに戻らなければとグレンが考えはじめたのは、あたりに夕闇が下りて、勤め帰りの人たちで商店街がまた賑《にぎ》わいはじめた頃だった。グレンは大きな家の前を通りかかったところだった。格子垣の隙間から向こうを覗くと、少々荒れかけた感じの庭が広がっている。方角から言えば川べりに出るにはそこを突っ切るのが手っ取り早いような気がしたので、グレンは迷いなくその庭に足を踏み入れた。

そろそろ猫が活動しはじめる時刻だから、用心しなくちゃな。そろりそろり進んで、丸い石のうえに乗って後足で立ち、精いっぱい背伸びをしてあたりを見回す。あの木立ちの奥から隣りの家へ抜けられれば、それが川への最短距離のはずだ。さあ……と自分に気合いを入れて、今にも走り出そうとしたその瞬間、グレンはふと、空中に何やら奇妙な気配が漂っているのを感じて凝固した。

何かがいる。誰かがすぐ間近にいて、じっと息をひそめている。猫だろうか。あの陰険なハンターが、ぼくが少しでも動いたらその瞬間に飛びついて仕留めてやろうと、すぐ近くの木蔭にでも隠れ、目を爛々《らんらん》と輝かせているのだろうか。グレンはゆっくり、ゆっくり、上半身を伏せ、石のうえに前足をついて、どの方向にでも飛び出せる体勢になった。一分、二分と時間が経ってゆく。何も起こらない。気のせいだったのだろうか。

少しずつ緊張が解けていき、ふうっと息をついて、石のうえに顎を乗せてへたりこんだ。次の瞬間、グレンはびっくりして飛び上がった。その石がいきなりぐらぐら揺れたかと思うと、グレンを乗せたままゆっさゆっさと、あさっての方角へ移動しはじめたからである。

慌てて飛び下りてとにかくぴょんぴょんと二回大きくジャンプし、後ろを振り返ってみる。石は静止していた。そのまま一目散に逃げ出してしまえばいいのに、恐る恐る戻っていって、それがいったい何なのか確かめようとしたのが、いかにも好奇心の強いグレンらしいところだ。やっぱり石だ、大きめの漬け物石としか思えない、と最初は思った。が、次の瞬間、グレンの鼻先ににょきっと首が突き出され、その首が、

「何だい、ネズミかい」と野太いしゃがれ声で喋ったのには、今度こそ本当に仰天して腰を抜かしてしまった。

「……そうだよ、ネズミだよ。あんたは……何なんだ……?」

首に続いて、前足二本と後足二本がにょきっと出てきた。「うんしょ」という小さな掛け声とともにその四本足で重そうな体を持ち上げ、ゆっさゆっさとその体を回転させて、グレンと正面から向かい合った。

「何なんだ、なんぞという失礼な言い草はないじゃろ。おまえ、誰の許可を得てここへ入ってきた？」半眼になった威厳のある目でグレンを睨みつける。

「いや、許可は得てないけれど……。ちょっと通り抜けるだけだからさ……。ぼくはただ、川へ戻る途中で……。いやしかし、あんた、大きな亀だねえ」体長十五センチか二十センチくらいのミドリガメなら川辺でときどき見かけたけれど、五十センチ以上もありそうなこんな大きな亀は生まれて初めて見る。

「ふん」と大亀はせせら笑うように鼻を鳴らし、「ネズミごときに乗っかられて、ぴょんぴょんと好き勝手をされるとは、わしも落ち目になったもの。リウマチが痛むからちょいとじっとしておれば、こういうひょうきん者に石と間違われて乗っかられ……。おっ！何だ、こらっ！」

　グレンも驚いた。頭上の枝から飛び下りたのか、亀の背中に丸っこい毛のかたまりのようなものがいきなりドスンと落ちてきたのである。

「こら、ゴンベエ、この、馬鹿もの！」

「ウワッ、ハッ、ハアッ！　驚いただろ、テオ？　びっくりしただろ？」毛のかたまりは腹を抱えて笑いころげている。「体のうえでぴょんぴょんされたくないよなあ、こんなふうに！」二本足で立ち上がってぴょんぴょんと跳ね、また笑いころげる。ネズミの一種のようだが、グレンのようなドブネズミよりずっと大きい。顔は黒と白の二色、体はそれに薄茶色が加わった三色のまだら模様で、耳は小さい。

テオという名前らしい灰色の大亀が、腹に据えかねるとばかりに大きく体を揺すった。ゴンベエは地面に滑り落ち、それでもしばらく笑いつづけ、それからふうっと息をついて起き直った。

「いやあ、悪い悪い。ちょうどうまい位置に着地台があったもんだから」

「馬鹿もの！　リウマチの足にひびくだろうが、この！」

ゴンベエはそれには返事をせず、グレンの方へ向き直って、

「やあ、さっきの話、ちょっと聞いていたんだが、きみは川へ行く途中とか。急いでるのかい？」

「そうでもないけれど……。きみはネズミ……？」

「モルモットさ。いや、参った、参った。こんなちょっとしたおふざけでもけっこう足腰に応える……。このとんでもない長生きの、リクガメの爺さんほどの歳じゃないけれど、おれの方だって寄る年波で、いい加減、体にガタが来てるからなあ。なあ、きみ、悪いけど、ちょっと手伝ってくれないかな」

「手伝うって、何を？」

「いや、ハクビシンの婆さんが腹を空かせていてねえ」

「ハクビシンって、何？」

「ハクビシン、知らないかな。鼻筋が白くて、ちょっとタヌキみたいな、猫みたいな……」

「猫！」グレンはギクリとした。

「いやいや、ネズミは食べない。モルモットも。ユンディーさんは菜食主義者で、果物や種や野菜しか食べないから大丈夫。しかし、一昨日、木の根と石の間に後足を挟んでひねってしまってね。痛くて歩けないというから、おれが食べ物を運んでやっている」

「そうか。優しいんだね」

「まあ、助けたり助けられたり、そういうもんさ。何か月か前、おれが熱を出して動けなかったときは、ずいぶん世話になったし。まあ、ちょっと一緒においで。ユンディーさんに会ってやってくれ。エリザベスにも……」

「エリザベス？」とグレンが訊き返したときには、ゴンベエはもうずんずん歩きはじめていて、その確信に満ちた足取りについ釣られるように、何となくその後についてゆく羽目に陥った。道草の浮かれ気分がまだ続いていたのだろうか。ハクビシンという動物を見てみたいという好奇心もあった。背後から、「まったくもう、年寄りをからかいおって、モルモットふぜいが……」とリクガメのテオがぶつくさ言いつづける声が聞こえる。

茂みを一つ二つ抜けると、手入れをされずにぼうぼうに生い茂った芝生が広がり、その向こうに建物がある。グレンがちょっと驚いたことに、建物の脇に、大小の木材の破片がうずたかく積まれた大きな山があった。その間から、斜めにかしいだ柱が何本も突き出している。

「取り壊されたんだ」と後ろを振り返らずにゴンベエが言った。「二つの棟のうちの一つがね。残った方も早晩、同じ運命だろうな」

その残った方の建物の棟の横を回ると小さな空き地があり、そこに尻尾まで含めれば体長五十センチほどの灰褐色の動物が寝そべっていた。手足と頭は黒いが、鼻筋のところだけ、白いペンキでひと刷毛《はけ》塗ったように真っ白のすじが入っている。

「ユンディーさん、外に出てたのか」とゴンベエは言った。

「モウ、ダイジョブ。カンリニン、カエッタカラ。ア、ネズミ……」ハクビシンの言葉は少々たどたどしくて、不思議な訛りがあった。

「そうか、そうか」とゴンベエは言い、グレンに向かって、「管理人が帰ると、もうそれっきりこの建物は朝まで無人になるんだ。おれたちが棲みついているのは、ほら、そこに見える物置なんだがね」と説明した。ゴンベエが示した方向を見やると、今にも倒壊しそうなおんぼろの小屋がある。「あれはもともと薪小屋なんだ。この家の主人が暖炉を使っていた頃、燃料の薪を積んでおくのに利用していたんだね。薪の束が多少残ったまま、小屋自体、もう用済みになって放りっぱなし。人間は出入りしないから、おれたちにとっては実に快適な棲みかになっている」

　グレンはハクビシンにおずおずと近づいて挨拶した。

「やあ、ぼくはグレン」

　ハクビシンはしばらくじっとグレンの顔を見つめ、それから、

「イロイロ、タイヘンダッタミタイネ。デモ、ダイジョブ。アナタハ、アタタカデキレイナ、キ（気）ヲ、マトッテイル。トテモ、ウンガツヨイドウブツ」とゆっくり言った。

「運が強い？　うーん、そうねえ、そうかもしれない……。ねえ、ユンディーさん、だよね？　足を挫《くじ》いたの？」

「ソウ、アシ、クジイタ。デモ、モウダイブ、ヨクナリマシタ。モウアルケマス」

「そいつはよかった！」とゴンベエが叫んだ。「そこの横丁の先の家の飼い猫のキャットフードをちょろまかすのは案外簡単なんだが、おれが口にくわえていちどきに運べる量なんて、ほんのちょびっとだろ。いや、大変だった……」

「アリガトネ、ゴンベエ。モウ、ダイジョブ」

「あんたたち、一緒に暮らしているのかい」とグレンは訊いた。

「ああ。助け合いさ。ユンディーさんが睨みを利かせているから、この地所には猫が入ってこない。おれは狭い隙間を抜けられるし、ユンディーさんほど人目につかずあちこち探検できるから、果物や美味しい草の場所を見つけてくる。耳ざといのはエリザベスだ――」

「エリザベス？」グレンが訊き返すと、

「あたしです」という鈴を転がすような小さな声がして、物置小屋の蔭から黒白まだらの小さなダッチウサギがしずしずと現われた。その動物のゆるやかな身のこなしには、「しずしず」としか形容できないような何かとても優美な気品があった。

「エリザベスの耳は凄いぞ」とゴンベエが自慢そうに言った。「このあたり一帯で何が起きているか、何でもわかるんだ。グレン、きみが近づいてくるのも、エリザベスは、きみが道路のずいぶん遠くにいるときから聞きつけていた。垣根をくぐって入ってきたと言うんで、おれが見にいったというわけ」

「こういう優しいネズミさんでよかったわね」とエリザベスが言った。

「優しいんだか凶悪なんだか、わかったもんじゃあるまいに」という声とともに、茂みからテオがごそごそと這い出してきた。

「イエ、コノネズミハ、リッパナネズミ」とユンディーが言った。「ワタシニハ、ワカリマス」

「この偏屈なリクガメの爺さんは、何の役にも立たない」と素っ気なくゴンベエ。「が、こういうずっしりしたのがそばにいると、何となく安心するものでね」

「しかしあんたたち、いいところに暮らしているね」とグレンは周囲を見回しながら言った。

「静かでいいところ、だったんだが……」とゴンベエが言った。「ほら、さっき見たろ。取り壊しが始まっているんだ。どうやらここにマンションが建つらしい。この庭も取り潰されて、コンクリートだかアスファルトだかで固められてしまうんだろうなあ」他の三匹も暗い顔になってため息を洩らした。

そこでグレンは座りこんで、この四匹の身の上話を聞くことになった。夜が更けていったが、晴れた空に満月がのぼり、明るい光が降りそそいで、円座になった五匹を照らし出した。種類の違う五匹の動物が輪になって、寝そべったり起き上がったりしながら、青い月光を浴びてしんみりお喋りを続ける、それは何とも不思議な光景だった。

4

ここはこの地元の町出身のちょっと有名な画家の住んでいた家で、彼の死後、市に買い上げられ、そのまま彼の画業を顕彰する記念館になっていたのだという。その頃は住みこみの管理人夫婦もいて、生ゴミも沢山出るし、四匹も食べ物にあまり不自由しなかった。ところが入場者数がどんどん減って廃館が決定し、土地を市が土建業者に売却してしまったのだという。

エリザベスはその画家に飼われていたウサギだった。とても可愛がられ、ウサギの絵で有名なその画家の、何点もの名作のモデルになっているという。奥さんにも先立たれて身寄りのなかった画家の死後、きちんと世話してもらえず、なおざりにされるようになり、それならいっそと、ケージから逃げ出して、庭で勝手に暮らすようになったのだという。芸術家に慈《いつく》しまれてきたからなのか、エリザベスはとても上品で奥床しいお婆さんウサギだった。

ゴンベエは何と、アメリカのＮＡＳＡ（航空宇宙局）で実験動物として育てられたモルモットだった。スペースシャトルに乗せられ、大気圏外へ出たことだってあるという（「いやあ、変なもんだった。打ち上げのときのあの凄い圧迫感、あの寒さ……。でも、無重力空間でふわふわするのは面白かったなあ。何せあの頃はおれも若かったからねえ」）。ゴンベエはしかし、わずかな隙をついてワシントンＤ．Ｃ．の超厳重な実験施設から脱走した。その後の彼の辿った、ロサンゼルス、ハワイ、ニューカレドニア、アラスカ（！）、ふたたびワシントンD．C．（⁉）、ニューヨーク、そして東京に至る数奇な運命の物語に、グレンは息を呑んで聞き入ったが、ここでは残念ながら省略せざるをえない。

ユンディーの前半生も波瀾万丈だった。もともと、イタリアのシチリア島東岸の港町シラクサにある〈上海〉という中華料理屋で飼われていたのだという（食材用、ジャナイヨ、とユンディーは念を押した）。たまたま客として訪れたフランスの貨物船の船長に買い取られ、その船のマスコットとなって、世界中を航海して回った。首輪に付けたリードで引かれて、その船長さんと一緒に世界の東西の様々な都市の目抜き通りや裏街を散歩したことがあるという。フランス人の船長さんは引退するときにユンディーを知り合いの日本人の船員に譲ったのだが、良い人だけれどちょっとだらしない性格だったその船乗りは、彼女の面倒をあまりちゃんと見てくれなかった（「ナンニチモ、ケージニトジコメタママ、ミズモクレナイデ……」）。それで、船が東京港の大井埠頭に繋留されていたとき、ケージの鍵を外して逃げ出した。深夜、繋留ケーブルを綱渡り芸人のように伝って（「アレハ、ホントニコワカッタヨ」）、埠頭に降り立った後、東京の街を結果的には西へ西へと大移動して、とうとうこの小さな町のこの静かな庭に落ち着くまでの紆余曲折も、手に汗握るような物語だったが、これもやはり省略する。

それから、テオは……このひとのことは、大変なお歳だということ以外、どうもよくわからない。「ああ、わしは生きてきたのじゃ。長く、長く、生きてきたのじゃ」だの、「ああ、いろんなことがあったのう。わしは世の中を見てきたのじゃ。ずっとずっと、見つづけてきたのじゃ」だのとしみじみ呟くだけで、あとはいっさい語ろうとしないから。この庭で生まれここでずっと暮らしてきたのか、ゴンベエやユンディーのようにいろんな体験を経た挙げ句、どこかからやって来てここに棲みついたのか、それもわからない。

「しかしまあ、この四匹がたまたまここで出会って、こんなふうに一緒に暮らすことになったわけさ」とゴンベエがみんなの話を締め括るように言った。「仲間がいるのは心強いよ。冬は一緒に固まって寝るとあったかいしなあ」

「でもさ」とグレンは言った。「ここ、取り壊されちゃうんだろ。そうなったら、あんたたち、どうするんだい。あんたたちの住んでいるあのおんぼろの——ごめん——小屋だってもちろん撤去されちゃうに決まっている。そうしたら……」

一同の間に沈黙が広がった。それはむろん、このところこの四匹の頭上にずっしりのしかかって、お互いの間で繰り返し巻き返し話し合ってきた深刻きわまる問題に違いなかった。

「どうしましょうねえ」と他人事のようにすずやかな声でエリザベスが言った。「もう、しょうがない。どうしようもない。あたしなんか、もうこんな年寄りで、いっぱい生きてきたしねえ。もうこれで、十分なんじゃないかしら」

「そんなの、おれは嫌だぜ！」とゴンベエが叫び、後足で立ち上がって片方の前足を宙に突き出した。「おれの人生はまだまだこれからだ！　どこかに、住み心地のいい別の場所を見つけて、だな……」その声は、しかし、自信のなさそうなあやふやな語尾になって途切れてしまった。

「誰か、また人間に飼ってもらうとか？」と、夢見るように、憧れるようにエリザベスが言った。

「そうさ！」とゴンベエは元気を取り戻し、「また人間と暮らすんだ！　いいぜえ、指で背筋を撫でてもらったり、話しかけてもらったり、暖かな寝床に美味しい食べ物……」

「そりゃあ、そういう飼い主が見つかるかもしれませんよ、あんたみたいな毛柄のきれいなモルモットなら。でも、ユンディーはどう？　テオは？　ハクビシンなんて、この日本では害獣扱いなんですよ」エリザベスがそう言うと、ゴンベエはたちまちしゅんとなってしまった。また重苦しい沈黙が広がる。もう真夜中になっていた。

　グレンは考えた。この四匹は、それぞれかけがえのない生の時間を生き抜いてきた立派な動物たちだ。宇宙にまで行ってきたゴンベエ。波瀾万丈の旅をして世界中を見てきたユンディー。美を追求する芸術家に愛されていたエリザベス。そして、このひとについては何だかよくわからないけれど、とにかく長い長い歳月の記憶をその厚い甲羅のなかに封じこめているテオ。それぞれ種が違うのに、偶然の成り行きから奇妙な友情で結ばれたこの四匹の年老いた動物たちは、身を寄せ合うようにして、この庭でひっそりと、安らかに、自分の生の最後の貴重な時間を過ごすはずだった。その安息の場所が、今、いきなり彼らから奪われようとしている。そんなの、ひどいじゃないか。

グレンの頭に血がのぼった。それはひどい。このお爺さんやお婆さんたちがパワーショベルに追い立てられ、道路で人目にさらされ、心ない人間にいじめられたり、車に撥《は》ねられたり、害獣として駆除されたり、もしそんなことになったら……。いや、そんなことはあってはならない。みんな本当はこんなに人間が好きなのに。人間と一緒に、仲良く暮らしたいのに。そのとき、グレンの頭にふとある考えが浮かんだ。

「ねえ、ちょっと思いついたことがあるんだ……」グレンは、考え考え、ゆっくり話し出した。話しているうちに、最初は突拍子もないものと見えたその考えはだんだんはっきりした輪郭を帯びはじめ、きっとうまく行くに違いないという確信がますます強くなっていった。初めのうちは、まさかそんな、と一笑に付して相手にしなかった四匹も、グレンが一生懸命説明し、説得するうちに、だんだん身を入れて耳を傾けはじめた。

5

その朝、榎田《えのきだ》小学校に登校してきた四年生の美佐子ちゃんと拓也くんは（階は違うけれど同じマンションに住む二人は、学校のクラスも同じなので、毎朝誘い合って一緒に登校する習慣だった）、校庭の隅に人だかりができているので少々驚いた。近寄ってゆくと、「何だ、あれ？」「タヌキだろ。凶暴だぞ、噛みつくぞ」「こわーい」「ウサギとネズミもいる」「あ、タヌキ、口開けたぞ。獲ってきたネズミを食べようとしてるのかな」「嫌だあ……」などという声が洩れ聞こえてくる。二人は慌てて人垣の間を縫って前に出た。

校庭の一角が土の地面になっていて、木立ちやほんの食卓テーブルほどの面積の小さな池があるのだが、その池のほとりに三匹の動物が蹲《うずくま》っている。鼻筋の白いタヌキのようなその動物が、たしかに、茶と白と黒のまだら模様のネズミみたいな動物に口を寄せたところだった。しかし、タヌキは小さなピンク色の舌を出して、ネズミの腹を優しく舐めはじめ、その様子は齧《かじ》るとか食べるといった行為からはほど遠いように見える。一方、小さな黒白のウサギの方は、体を傾けてタヌキの下半身に凭《もた》れかかり、うつらうつらとしているようだ。

「何だか、友だち同士みたい」と美佐子ちゃん。

拓也くんは何も言わずにずいずいっと近寄っていって、「あ、やめろ、噛まれるぞっ！」と口々に叫ぶ声が人垣から上がるのもものかは、三匹の前に平然としゃがみこみ、タヌキの体を静かに撫でた。タヌキはうっとりしたように身をくねらせ、太く長い尻尾を左右に揺らしながら、拓也くんのてのひらに頭のてっぺんをこすりつけている。続いて美佐子ちゃんも傍らにしゃがみこみ、タヌキやネズミやウサギをそっと撫でてみた。逃げようとするどころか、三匹とも大喜びしているように見える。

「これはハクビシンだわね。それからこの子はモルモット」という声に、二人が目を上げると、ちょうど小室先生がやって来て二人の脇にしゃがみこむところだった。「今、図鑑で確かめてきたの。タヌキじゃないわ。中国や東南アジア原産の、ジャコウネコ科の動物。日本にも増えていて、ペットにされることもあるみたい」

「じゃあ、誰かが飼っていたのが逃げてきたのかな」

「うーん。野生化していた子かも……」

「だって、ほら……」立ち上がったハクビシンは美佐子ちゃんの脚に甘えたように体をこすりつけている。

「ね、先生、飼ってやろうよ、この三匹。だって、ケージがあるじゃん」と拓也くんが言った。

「うーん……校長先生に訊いてみるけど……」

「校長先生、いいって言うに決まってるよ。動物大好きだもん」そのときにはもう、集まっていた子どもたちが、こわごわながら近寄ってきて、三匹に手を伸ばしはじめていた。三匹ともちっとも怖がらず、それどころか自分から甘えるように体をこすりつけてくる。美佐子ちゃんはモルモットをてのひらに乗せて、にこにこしながら顔を寄せている。

「待って、待って」と小室先生が慌てて言った。「美佐子ちゃん、駄目駄目、その子をすぐ離しなさい。これから職員室で相談するけれど、とにかくまず獣医さんを呼んで検査してもらわないと。おなかに寄生虫か何か持っているかもしれないし。みんなもいい？　動物に触った子はすぐ手をよく洗うこと。とりあえず、ケージに入れてみましょうか」

小室先生が、美佐子ちゃんの手からモルモットを取り上げ、それをてのひらに乗せたままケージに向かって歩き出すと、その場の皆が驚いたことに、ハクビシンとウサギはさっと立ち上がり、先生の足元にぴったりついて歩いてきた。ケージの扉を開け、モルモットをなかに入れると、他の二匹も当然のことのようにするりと一緒に入ってゆく。

「あれ、また三匹一緒に固まって、丸くなっちゃった。ここが気に入ったのかな……」

「木のチップをもう少し厚めに敷いてやった方がいいかしらねえ。たしか倉庫に封を切ってない新しいチップの大袋があった。拓也くん、とりあえず水入れに水を入れてやって。

ええと、ハクビシンって、何食べるのかしらねえ。もう一度図鑑を見て――」そのとき、あ、ネズミだ、ネズミがいる、という叫び声が背後から聞こえた。「えええっ、またネズミ？もう一匹いたの？」

振り返った小室先生にも、遠目なのでもう一つはっきりしないけれど、たしかに何か灰色の小さな動物が見えた。それが、校庭と道路の境に立っている金網のフェンスの道路側のきわで、何か奇妙な踊りでも踊るようにぴょんぴょん跳ねている。

小室先生は立ち上がってそちらに向かって歩き出した。が、それより早くもう何人かの子どもたちが駆けつけていて、その子たちの間から、亀！　亀！　という叫び声が上がっていた。

え……今度は、亀？　何、これ？　今朝はいったい、何が起きているのかしら……。

6

ユンディーがくぐれるようにフェンスの下の隙間を広げるのにちょっと手間取ったが、ともかく三匹を何とか校庭に導き入れ、続いてグレンも入ったときには、もうあたりは暁の光でうっすらと明るみはじめていた。足を引きずりながらゆっくりとしか歩けない老ハクビシンや、これもまたぺったん、ぺったんとゆっくり跳ねて、すぐ疲れてしまう老ウサ

ギを伴った道中は、かなり時間がかかり、グレンは焦りと緊張のあまり、途中で吐き気がしてくるほどだった。が、ともあれ、何とかかんとか、誰にも見つからずに小学校に辿り着くことができた。ジョギング中の人たちや新聞配達の若者など、行き会う人間もちらほらいたが、エリザベスの鋭敏な耳が役に立って遠くから彼らの接近を察知でき、じっと隠れてやり過ごすことができたのだ。

ケージの前に案内すると、三匹はそれをつくづくと眺めて、すぐに気に入ったようだった。

「おや、池があるぞ」とゴンベエが言った。「いいなあ。あの記念館の庭の池より、ずっと水がきれいじゃないか。ときどき水浴びさせてくれるかなあ」

「……くれるんじゃないかな」とグレンは首をかしげながら言った。

四匹はその池の水をちょっと飲み、しばらくの間その場にへたりこんでいた。とにかく、疲れた……。周囲がだんだん明るくなってきた。

「テオも来ればよかったのにね」とエリザベスが言った。「あそこの池は泥で濁っていて嫌だって、いつも不平をこぼしていたからねえ」

そこで一同は黙りこみ、少し悲しい気持ちでテオのことを考えた。テオは、道路をそんな長いこと歩いて、わけのわからない小学校とやらに行くなんて真っ平ごめんと言い張って、皆がいくら説得しても頑として聞き入れなかったのだ。

「取り壊しだろうが何だろうが、わしはここにいる。ずっといる。何十年もここに住んできたんだからな。これからも住みつづける。放っておいてくれ。あんたらは行きたいところに行けばよかろうよ。隅から隅まで何もかも知っているこの庭を、わしは見棄てんぞ」

「でも、その庭がなくなっちゃうんだよ、テオ」

「ああ、うるさい！　放っておいてもらおうかの」それきり、ごそごそと茂みに入りこんでしまい、いよいよ出発ということになったとき、みんなが何度さよならと呼びかけても何の返事もなかったのだ。

「テオはテオで、何とかやっていくさ。何しろ老獪《ろうかい》な爺さんだから」とゴンベエが言った。

「ロウカイ、ッテ、ナニ？」とユンディーが訊いた。

「老獪というのはだな——」とゴンベエが得々として説明しはじめようとしたとき、

「あ、ちょっと黙って！」とエリザベスが鋭く言い、両耳をぴんと立てた。沈黙のなかでしばらくじっと神経を集中させていた老ウサギは、やがて、「テオ」とひとこと言った。

「何？　テオがどうしたの？」

「テオが来る。考え直して、追いかけてきたんだ……。でも、道がわからないんだわ……。あ、そっちに曲がっちゃ駄目……駄目！　駄目なのに……ああ、どうしよう……。どんどん離れていっちゃう、テオ、テオ……」皆がいっせいに立ち上がった。しかし、口々にいろいろなことを喋り出した三匹の動揺は、冷静そのもののグレンのきりっとした、はがねの強いひとことでただちに静まった。

「大丈夫」とグレンは静かに言った。「大丈夫だよ。ぼくが行く。エリザベス、テオは今、どこにいるの？」

「あのT字路……。ほら、たばこ屋さんの前に郵便ポストがある……あそこを曲がっちゃったの。本当はあそこを通り越して、次の角を逆の方向に曲がらなくちゃいけないのに」

グレンはだっと飛び出した。フェンスの隙間をさっとくぐる。金網の端がひっかかってすり傷ができたけれど、そんなことにかまっている暇はない。走る、走る。全速力で疾走する。前から人が来る……でも、もう隠れてやり過ごす余裕はない……。道路の端を一気に突っ走る……ポスト……。この角だ……曲がって、さらに走る……。テオがいた！

「おーい、テオ！」

「おお、おまえさんかい」と息を切らしたテオが、ちょっと決まり悪そうに言った。「考えたんじゃがな。やはりなあ、わしがちゃんと見守っていてやらんと、あの連中、何をやらかすやら。わしがそばにいてやらんことにはなあ、あいつらきっと淋しがるじゃろうし……」

「うんうん、テオ。そうさ、その通り。みんな喜ぶよ。ただ、道がちょっと違うんだ。そっちじゃなくて、さあ、方向転換……」

そこから小学校までの、老リクガメと一緒の三十分ほどの道中が、この二日間の旅の間でグレンがいちばん苦しかった時間かもしれない。

テオは何しろ亀で、しかも年寄りだ。もうぶつくさ言う余裕もなく、彼としては精いっぱいの速さで必死に歩いてゆくのだけれど、グレンにしてみれば気が狂いそうになるほどのろくてもどかしい。先に立って走ってはまた様子を見に戻ってくるというのを、数えきれないほど繰り返した。後ろに回って押してやりたいと何度思ったかわからない。もうあたりは朝の爽やかな陽光がみなぎって、すっかり明るくなってしまった。通行人もだんだん多くなり、ついにはそこに登校途中の小学生の姿もちらほら混ざりはじめた。

もっとも、歩みがあまりに遅いだけに、始まろうとしている一日の予定で頭をいっぱいにしてすたすた歩いてゆく人間たちには、この灰色の亀は、道端の石のようにしか見えなかったかもしれない。ほとんど奇蹟的なことだろうが、誰にも見咎《みとが》められずに何とか小学校のフェンスのところまで帰り着いたときには、グレンは安堵のあまり全身の力が一挙に抜けてしまった。

「さあ、テオ、ここをくぐるんだ」というグレンの言葉に従って、テオはもそもそと穴に首を突っ込んだ。しかし、たちまち動きを止めて、ぐう、という変な声を出した。

「こりゃ、無理だよ。とうてい、無理……」ユンディーには辛うじて通れた穴なのだが、甲羅が大きすぎてテオには抜けられないのだ。「おや、戻ることもできなくなってしもうた。甲羅がつっかえて……」

グレンの全身からどっと冷や汗が噴き出した。どうしよう。校庭の木立ちとケージの方に目をやった。子どもたちが十数人集まっている。昨日の午後顔を覚えたミサコちゃん、タクヤくんの姿も見える。コムロ先生もいる。コムロ先生がケージの扉を開けているぞ。どうやら、うまく行ったみたいだ。じゃあ、テオはどうする？　この荷厄介な亀の頑固爺さんを、いったいどうやってあそこまで連れていったらいい。爺さんがこの隙間に嵌《は》まったままでいたら、誰かに見つかって、どこか遠くに連れていかれてしまうかもしれないぞ。そんなことになれば、テオと三匹が別れ別れになってしまう。もうこんなに近くまで来ているというのに……。あ、道路の向こうから人が来る！

ええい、なるようになれとグレンは思った。こっちから行けないのなら、向こうから来てもらえばいい。グレンはテオの甲羅のうえに乗っかって、ぴょんぴょん跳ね、滅茶苦茶な踊りを始めた。「お、おいおい、リウマチが……」とテオが呻《うめ》くが、かまってはいられない。手足をばたばた動かして跳ね回る。でんぐり返しもした。逆立ちもした。ほら、気づけ気づけ、気づいてくれ。ほどなく、一人、二人、それから数人の子どもたちの顔がこちらに向き、叫び声が上がった。駆け寄ってくる子どもたち。コムロ先生もこちらを見た！　よし、これでいい。あとは彼らを信頼して運を天に任せるしかない。グレンはさっと飛び下りて、通りを一目散に逃げ去った。

建物と建物との隙間の狭い路地にぺんぺん草が生い茂っているのを見つけ、グレンはそのなかに身をひそめた。このまま立ち去ってしまうわけにはいかない。すべてはぼくの計画だ。あの四匹のお爺さん、お婆さんたちの運命を見届ける責任がある。

だんだん暑くなってくるなか、グレンは時間の経過をじっと耐えつづけた。二時間ほども経ったろうか、そろそろ様子を見にいってもいい頃合いだと思い、茂みから出て、どきどきしながら小学校へ向かう。授業中なのだろう、校庭に子どもの姿はない。フェンスをくぐってケージのところまで行く。金網越しに、ユンディーが丸まって眠っているのが見える。低い声で呼びかけると、ユンディーはすぐ目を覚ました。同時に、ユンディーの手足とおなかの間から、まずゴンベエが、続いてエリザベスが頭を出した。

「ハッ、ハアッ！　グレン、うまく行ったぞ」とゴンベエが嬉しそうに言った。「久しぶりに人間の手に乗っかったよ。いいもんだねえ。おれはモンちゃんって名前になっちまった。モルモットのモンちゃんだとさ。ちょいと、いい加減すぎないか？　嫌んなっちゃう。

エリザベスはウーちゃん2号だと。ウーちゃん2号とは何ごとかって、婆さん、ぷんぷん怒ってるよ。なに、本当は嬉しくてたまらないくせに――」グレンはゴンベエのお喋りをもどかしそうに遮って、

「おい、テオは？　テオはどうした？」

「おお、ここにいるぞい」というテオの声が聞こえ、ケージの隅にこんもり盛り上がった木のチップの山のなかから、目を半眼に閉じた大亀の頭がにょきっと出た。「いやあ、もう、疲労困憊《こんぱい》。ぐっすり眠っておった。一年ぶんの運動をいっぺんにしてしもうた。グレンさん、有難うよ。すっかり世話になったなあ」

「ああ、良かった。あんたもここで飼ってもらえることになったのかい？」

「どうやら、その気配。校長先生とやらが来て、池の周りにぐるっと囲いを作ればわしが自由に水浴びできるようになる、なんぞと言うておったさ」

「そうか……良かった……。良かったねえ」

「アリガトネ、グレンサン。コドモタチ、カワイイ。ミンナ、シンセツ」とユンディーが言った。「ホラ、アタシノアシ。ヒンヤリシテ、トテモキモチガイイ」ユンディーの捻挫した後足に、湿布薬が丁寧に巻かれている。

「子どもたちと遊びながら余生が過ごせます」とエリザベスもすずやかな声で言った。

「あそこを棄てて、思いきって出発して本当に良かった。心からお礼を言いますよ」

　グレンは今度こそ本当に体中から力が抜け、暖かな幸福感に満たされ、それが手足の先までじんわり沁みわたるのを感じた。歳をとった動物は幸せになるべきだ。生きるというのは、沢山の、沢山の苦しみや悲しみをくぐり抜けてゆくことなのだから。限りある生の時間の最後に、誰しもその償いを受け取って当然なのだ。

「ゴンベエ、ユンディー、エリザベス、テオ、みんな元気でね。また様子を見にくるよ。ぼくはもう行かなくちゃ。川へ戻らなくちゃ。ぼくを待っている仲間がいる。はくちょう座が空にのぼるときまでに、何とか〈犬の木〉のしたに着いていなくちゃ。ゴンベエ、あんまりテオをからかっちゃ駄目だよ。それじゃあ、またね」早口でそう言い終えるや、グレンはくるっと後ろを向き、カラスや猫を警戒して慎重に四方に目を配ってから、矢のように飛び出し、川辺めざしてそのままいっさんに走り去った。

孤独な炎

——小惑星探査機「はやぶさ」に。そして「彼」の帰還に力を尽くしたすべての人々に。
感謝と尊敬をこめて。

1

大きな池には水鳥が群れ、花壇には四季とりどりの花々が咲きほこる木原《きはら》公園は、散策を楽しむ多くの人々の賑わいが平日でも絶えることがない。しかし、その片隅に、「危険！高圧電流！」という警告パネルの貼られた鉄塔の後ろ側であるせいか、入園者がほとんど足を踏み入れないひっそりした一角があることは案外知られていない。フクロウのルチアが棲んでいるのは、その奥まった一角にそびえるニレの大木の、地上から二十メートルほどの高さにある小さな虚《うろ》だった。ルチアはそこで生まれ、そこにずっと棲みつづけていた。

ルチアの生活は静かで波乱のないものだった。昼の間はそのねぐらに閉じこもってうつらうつらと過ごし、黄昏《たそがれ》になると飛び立って自分のテリトリーを見て回り、小動物を獲って食べる。朝の光が射してくる頃ねぐらに戻って、羽毛に頭をうずめ目を瞑《つむ》る。毎日がその繰り返し。そんな生活をルチアは単調とも退屈とも感じていなかった。ルチアは独りぼっちだった。独りでいるのが好きだった。

もうずいぶん昔のような気がするが、ルチアにも恋の季節が訪れたことがある。初めてのときは大柄で立派な牡《おす》フクロウの求愛を受け容れて、卵を二個産み、そのうち一個は孵《かえ》らなかったけれど、無事に生まれた一羽はルチアの獲ってくる野ネズミの肉を食べてすくすくと成長した。ところがその子は、飛行の練習を始めてようやく隣りの木まで飛んで帰ってくることができるようになった頃、ある日いきなり急降下してきたノスリに呆気なく仕留められてしまった。ルチアは何日かうち沈んだが、やがて仕方ないことと諦めた。

次の年、また別の牡フクロウと出会って互いに気に入り、そのときは三個の卵を産んで三羽の元気な雛《ひな》が生まれた。子育ては何やかや大変だったけれど三羽とも立派に成長し、独りで獲物が獲れるようになるや、それぞれ自分たちの生活を築くために巣立っていった。その三羽のうちの牡の一羽は、同じ木原公園の、ただしルチアの棲む一角とは反対側の端にあるシラカシの樹上に棲んでいて、今でもときどき行き合うことがある。でも、ルチアもルチアの息子も、相手に何か優しいことを言ってあげたいという気持ちがないわけではないのに、血が繋がっていること自体につい照れてしまって、あるいは臆《おく》してしまって、何となく気まずい感じのちょっとした挨拶を交わすだけですぐに別れてしまう。残りの二羽の子どもたちについては、今どこに暮らしているのかはもとより、ふたりともまだ生きているのか、元気かどうかさえ、ルチアは知らない。

それきり、ルチアはもう恋をしようとしなかった。恋は楽しいし子どもも可愛いけれど、あの浮き立つような、沸き立つような騒がしい時間は生涯に二度経験すればそれでもう十分だった。子どもたちが巣立ち恋人とも別れて独りぼっちに戻ったとき、淋しいという気持ちがないわけではなかったけれど、ルチアはむしろほっとした。もうこういうことに煩《わずら》わされずに生きていこうと思い、その後は誰とも深い関わりを持たずに生きてきた。

夜は巡回と狩りの時間だ。それを存分に楽しんで、明け方近くねぐらへ帰ると、子どもの頃から慣れ親しんだ暗闇とそこに立ち籠《こ》める懐かしいにおいがルチアを迎えてくれる。その闇、そのにおいに包まれると、今日もいちにち何事もなく終わったという温かな安堵が体中に広がって、心からくつろいだ気分になれた。木の葉や枝を少し動かして入り口をふさぎ、だんだん明るくなってくる外の光をできるだけ締め出して目を瞑る。と、その晩に見た様々な光景がまなうらに脈絡なく甦《よみがえ》ってくる。

公園の池の水面に浮かんだ枝の切れはしにゲンゴロウが這い上がってじっとしていた。その背中に月光がきらきらと照り映えていた。死んでいるのかなと思って見ているうちに、その虫はぽちゃんと水中に落ち、勢いよく泳ぎはじめた……。住宅街のコインパーキングの隅で猫たちの集会が開かれていた。ときどき見かける赤トラ柄の大きな老猫が、片方の後足を引きずりながらゆっくり歩いていた。怪我をしたのかしら……。

また、過去の情景が思い出のなかから甦ってくることもある。覚束《おぼつか》ない羽ばたきで、このニレの木まで一生懸命帰ってこようとしていたあの子めがけて、上空からノスリが襲いかかってきたあの瞬間の恐怖と絶望。あれはいつまで経っても忘れることはできない。あたしはそれをこのねぐらのなかから見ていて、何もできずに竦《すく》んでいるばかりだった。ノスリがその太い爪にあの子をがっしと摑《つか》んで飛び去ってからもしばらくの間、あたしの体は痺《しび》れたようになってただぶるぶると震えつづけていた。可哀そうな子……。せっかくこの世に生まれてきたのに、何にも知らずに、満月の照りわたる空の高みをゆるやかに旋回する心地良さも、初夏の風に翻《ひるがえ》る新緑の鮮やかな葉むらの美しさも、体中の血が熱く沸き立つような恋の興奮も知ることなしに、あの子はあまりに短い生を閉じてしまった。どうしてあたしはあのとき、あたりに気を配っていてやらなかったのかしら。

翌年生まれたあの三羽のように、ここから巣立って自分自身の生活を築けるようになるまであの子を育ててやれなかったのは、何て悲しい、情けない、不甲斐ないことなんだろう。ただし、ルチア自身は巣立ちという体験をしたことがなかった。幼いルチアに羽が生えそろってようやく自由に風に乗れるようになった頃、両親が不意に姿を消してしまい、自分が生まれたこの巣に棲みつづけることになったからだ。彼らに何があったのかは今もってわからない。取り残されたルチアは、独力で狩りの仕方や冬の寒さから身を守るすべを学ばなければならなかったが、とにかく何とかかんとか生きてこられた。恋もしたし子どもも産んだ。あたしは生きてきた、あたしは生きている、あたしはこれからも生きてゆくだろう。でも、いつまで？　ルチアにはそろそろ老いの影が忍び寄っていた。

様々なことを思い出しながら、考えながらじっと目を瞑っていると、この木の虚の闇のなかに体も心も溶け出して、「あたし」とか「自分」といった意識がどんどん稀薄になっていき、それが彼女を包みこんでそびえているこのニレの木それ自体と一体化してゆくような気がする。土中に張った無数のひげ根からまるでルチア自身が水を吸い上げ、それを幹を通して枝に、枝の先に、葉に送りこみつづけているような気持ちになってくる。やがてその水分が葉から放散し、空気に溶け、上昇して雲になり、そこから雨粒に結晶して地上に降りそそぎまた土中に沁み入ってゆくさまを想像しているうちに、自分自身がその水に、空気に、雨に一体化してゆくようにさえ感じる。

「あたし」などはいない、ただ世界があるだけだ、と彼女は考える。いやその世界そのものがあたしなのだ、あたしが世界であり世界があたしであり、つまりはあたしでもあり世界でもある、しかしあたしとも世界とも呼ぶことのできないただ一つのものがあるだけだ。では、それを何と呼んだらいい？　そんなとりとめのない想念が渦巻くのにうつらうつらと身を委ねているうちに、やがて本当の眠りが訪れる。夢のない真っ暗な眠りの淵に、今度こそ正真正銘の、混じり気のない漆黒の暗闇に、ルチアは落ちてゆく。死とはこういう暗闇とほとんど同じものなのかもしれない、それならばいつ死んでもいいわ――眠りに落ちる直前にちらりと閃《ひらめ》く、それが最後の想念。

2

ルチアがその声を初めて聞いたのは、体調を崩してねぐらに籠もっていた、ある真冬の晩のことだった。ルチアは病気というものをほとんどしたことがない。ずっと高熱が続き体がだるくてたまらず、狩りをしに外に出ることもできないこんな状態のまま何日も引き籠もりつづけていることが、不安でたまらなかった。

もとはと言えば、数日前、ずいぶん柄の大きな野ネズミを獲ろうとして思いがけない反撃に遭い、脚の付け根をひどく嚙まれたことだった。最後には辛うじて仕留めはしたものの、その嚙み傷があまりに痛くて、せっかくの獲物を半分以上食べ残して早々にねぐらに戻った。血は一応止まったけれど、数日経つと傷は化膿してうみが溜まり、やがて熱が出て厭《いや》な脱力感が全身に広がった。昨夜は水を飲むために池の岸辺まで往復したが、それだけでもう死ぬほど疲れきってしまった。気分の悪さをこらえながらの浅いまどろみのなかで、もう駄目なんだろうか、という気弱な思いがふと頭をよぎる。

「帰りたいよ……」というかぼそい声が聞こえてきたのはそんなときだった。

「誰？　何なの？」とルチアは言い、しかしすぐに、声に出してそんなことを言った自分が馬鹿みたいで、恥ずかしくなった。むろんこのねぐらのなかにはルチア以外に誰もいるはずがないからだ。けれども、少し経ってまた、

「帰りたい……帰りたいよ……」という、小さな子どもが途方に暮れて我知らず洩らしたような呟きが聞こえてきた。聞こえた、というよりむしろルチアの心に直接伝わってきたと言うべきだろうか。

「誰なの？」とルチアはもう一度訊いた。しばらく間があって、ルチアの問いかけには直接答えず、

「淋しいよ……」とその声はまた囁きかけてきた。遠いところから、遠い遠いところから、はるかな距離を越えて届いてくるようだった。が、と同時に、その声はルチアの耳元近くで囁かれているようにくっきりと明瞭だった。その遠さと近さの混在がルチアを混乱させた。しかし、混乱しながらもルチアは、

「淋しくないよ」と反射的に答えていた。「ね、淋しくない。大丈夫だよ」

「大丈夫かな……」

「大丈夫だよ。あたしがいるから」

「あなたは誰？」

「あたしの名前はルチア。あなたは？」

「ぼくは……ぼくは……わからない……」

「あなたはどこにいるの？」

「どこに……どこにいるのか……自分がどこにいるのか、わからないよ……。ここは広くて……ただ、広くて広くて、何もないんだ……」弱々しい声が狼狽《ろうばい》の調子を帯び、おののくように語尾が震えた。

「大丈夫。大丈夫だから」とルチアは宥《なだ》めるように優しく言った。すると声は少し落ち着いた調子を取り戻し、何か片言のような独りごとになり、ルチアには理解できない数字や暗号の断片のようなものをいくつか呟き、やがて途切れてしまった。ルチアの意識も徐々にぼやけ、彼女はそのまま眠りのなかに滑りこんでいった。

目が覚めると、どうやら病気の峠は越したようで、熱は下がり、化膿の腫《は》れも引きはじめていた。あの声はいったい何だったのだろう。熱に浮かされて錯乱した意識が聞いた、聞いたような気がした、まぼろしの声だったのだろうか。

だが、数日後、すっかり回復したルチアが、真夜中、ねぐらのあるニレの木のいちばん高い枝にとまって、皓々《こうこう》と輝く月を見上げていると、「淋しいよ……」というあの声がまた聞こえてきたのだ。

「また、あなたね」

「ああ……ルチアさん……だったっけ」

「まだ迷子になったままなの？」

「うん……困ったよ……」

「誰？」にも「どこ？」にもこの子は答えられないようだ。それならと思い、ルチアは、「なぜ、あなたはそこにいるの？」と尋ねた。するとその誰だかわからない「彼」は少し勢いこんで、

「ぼくはね、仕事を言いつかったんだ」と言った。「小さな小さな星まで飛んでいって、その地面のうえの砂粒を取ってくるという仕事をね。ぼくは飛んでいった。ああ、最初は元気いっぱいだったなあ。どこまでもどこまでもどんどん飛んでいけるのが、楽しくて楽しくてたまらなかった」

「あなたは鳥なのね。あたしもそう。あたしはフクロウ。あなたは？」

「鳥って、何だかわからない……」

「鳥には翼があるの。体の両側にそれを広げて、それで空気を打って飛んでゆくの」

「翼……それならぼくにもあるよ。体の両側に二枚の翼がね……。でもそれで空気を打つ

というのはよくわからないや。空気って、いったい何なのかな……」

「あたしも飛んでゆくわ。獲物を求めて、ずいぶん遠いところまで飛んでいって、帰り道がわからなくなってしまうことがある。きっとあなたもそんなふうにして、迷子になってしまったんだね」

「そうかもしれない……」

「でも、言いつかったっていうのは、誰に言いつかったの？」

「ぼくを生んでくれた……お父さんかな、お母さんかな……」

「えらいねえ、そんなに遠いところまで」ルチアの心のなかに、またあのいたいけな仔フクロウの姿が浮かんだ。あの子もきっと、あたしが頼んだら、そんな遠いところまで一生懸命に行ってくれたかもしれない。

「遠かった、ほんとに遠かったなあ……でも、ようやくその星が見つかった。ふわりと軽く着陸するつもりだったんだけれど、うまく降りられなかった。つい、どしんと……だって仕方ないよね、着陸するって、生まれて初めてのことだったんだから。でも、とにかくその小さな星に降り立って、砂粒を取った。ほんのちょびっとだけど、とにかく言いつかった通りに……」

「良かったわねえ」

「うん。あとは、それを持って帰るだけだった。ところが……」

「彼」はその星を飛び立ってすぐ、体の変調を感じたのだという。何だか急に体から力が抜けて、真っ直ぐに飛べなくなってしまった。ぐらぐら体が揺れて、宙にじっとしていることもできない。「彼」を励ますお父さんたちの声がそれまでずっと聞こえていたのに、それも途絶えてしまった。「彼」は為《な》すすべもなく宇宙を流されていった。どうしたらいいんだろう、帰りたい、帰りたいよ……。ルチアがそこまで聞いたところで、「彼」の声はまた聞こえなくなってしまった。

何週間か経った。池のほとりの木の枝にとまってルチアがもの思いに耽《ふけ》っていると、また「彼」の声が聞こえてきた。今度のそれは興奮を抑えきれないといった、弾んだ調子の声だった。

「ねえ、ルチア、聞いて、聞いて！　またお父さんたちの声が届いてきたんだ。帰り道がわかった。ぼくはうちに帰れるみたい！」

「まあ、良かったわねえ！」

「また、ほんの少しだけど、はっきりとものが考えられるようにもなってきた。体がおかしくなると同時に、頭もずっとぼんやりしていたんだけど」

「じゃあ、また飛びはじめたんだね」

「うん、ゆっくりとなら、体も動かせるようになってきたんだ。すぐ疲れてしまうから、休み休みなんだけど。体が辛くて、えらくて、とっても大儀だよ。でも、ゆっくりゆっくり、何とかかんとか、ぼくは飛んでいるんだよ」

「良かった、良かった。ねえ、帰ってきたら、あたしに会いにきてちょうだい。木原公園の奥の、ニレの木があたしの住まい。ふたりで並んで枝にとまって、夜通しお喋りをしようよ」

「うん、そうするよ。楽しみだなあ」

「あなたの旅の話を聞きたいな。あたしはあなたに狩りの仕方を教えてあげるよ。野ネズミの通り道になっている、あたしだけの秘密の狩り場も教えてあげる」

「嬉しいなあ。ルチアさんとそんなことができたら、どんなにいいだろう。『狩り』とか『野ネズミ』とかって、何だかよくわからないけれど……」

どうやら「彼」は無事に帰途についたようだ。帰りたい、帰りたいって、あんなに一生懸命言っていたんだから、本当に良かったわとルチアは思った。しかし、その帰り道というのはずいぶんと長い旅路のようだった。「彼」はいつまでもいつまでも飛びつづけていた。ときどき「彼」の声が聞こえてきて、きれぎれのお喋りを続けるうちに、「彼」は空の彼方の、遠い遠いところをこちらに向かって飛んでいることがルチアにもだんだんわかってきた。ルチアにとって世界の全体だと思っていたこの地上が、実は地球と呼ばれる星で、それは夜空にちりばめられたあの無数の星々の一つなのだということ。「彼」はその遠い星の一つまで行って、今この地球に向かって帰ってこようとしているのだということ。だから「彼」の周りには林も池も家々もなく、いや空気すらなく、ただしんしんと凍りつくような暗闇が広がっていて、見えるものとては、前後にも左右にも上下にも、きらきら輝く無数の光の点しかないのだということ。そうしたことをルチアは長い時間をかけて理解していった。

「寒い……ここは寒いなあ……」と、「彼」がすっかり気落ちした声で呟くこともあった。

「寒くて暗いなあ……疲れたなあ……」

ルチアが身を置いているのはうららかな春の日の午後で、ようやく冬の寒さを脱してぬるんだ風が、萌え初《そ》めた若草の芽の香りを運んでくる。「彼」の訴える寒さと、今現に自分の周りに広がっているのどかな世界との間の落差が、ルチアにめまいのような感覚をもたらした。重たるい空気のなかに花粉が沢山舞い飛び、何かむずむずした官能的な感覚が体の底にかき立てられるような日だった。どうやらあの子は、「春」も「若草」も、いや「風」さえ知らないらしい。何て可哀そうな鳥なんだろう。

ルチアは、「彼」がゆっくりと横切りつつある宇宙空間なるものを、自分の小さな体験から類推して何とか想像してみようとした。木原公園は大きな町の繁華街に近いから、真夜中になっても人通りがあり、近くの道路を車が往来し、けっこういろんな音が聞こえている。でも、ある瞬間ふと、音という音、声という声がすべて途絶えて、完全な沈黙があたりを支配することがある。全身が分厚い膜ですっぽりとくるみこまれてしまったように、すべての音が遮断され、目を瞑ればすべての光も遮断されて、自分が今いったいどこにいるともわからないといった不思議な感じを味わうことがある。それはほんの短い時間しか続かず、すぐにまたいつもの日常的な空間と時間の感覚が戻ってきてしまうのだけれど……。あんなふうなまったくの無音の暗闇がいつまでもいつまでも続いている——宇宙というのは、何かそういうものなんじゃないかしら。

しかし、また別のとき、淋しいだろうねえ、可哀そうにねえというルチアの言葉に答えて、

「でも、太陽が、お日さまがあるから大丈夫さ」と「彼」が元気良く言ったこともある。

「お日さまねえ……」

「うん。お日さまはいつもそこにあるからね。お日さまはすばらしいなあ。明るくて、あったかい。それに、地球がどっちの方向にあるのか、進路を決める目印にもなってくれるしねえ」

「あたしはねえ、太陽はあんまり好きじゃないよ。太陽が空に出ている昼の間はうちに閉じ籠もって、あんまり外に出ないようにしてるの」

「ええっ、信じられない。お日さまを見つめていると、勇気が出てくるよ。体中に力がみなぎって、もっと飛べる、もうちょっとなら頑張れるという気持ちになってくるんだ」

「そうかねえ……勇気ねえ」とルチアは疑わしそうに言った。勇気なんて、同じことの繰り返しで毎日をおくっているあたしには縁のない言葉だわと密かに思ったけれど、口には出さなかった。

3

月日が流れた。ときどき、思わぬときに「彼」の声がルチアに届いてくる。

「ああ、いつになったら帰れるのかなあ」と「彼」が嘆息することもあった。「ぼくの速度は、どんどん遅くなってゆくみたいだ」

帰るというのは、うちに帰るというのは、いったいどういうことなんだろう、とルチアはふと首をかしげることがあった。帰るということにこんなにも懸命に自分を賭けているこの子の必死の気持ちを、あたしは本当には理解していないのかもしれない。あたしもたしかに、毎晩自分の巣に帰ってきて、ああ、帰ってきた——とつくづく思い、安堵のため息をつく。でも、あたしの獲物探しの外出の範囲なんて高が知れている。あの子の大旅行のことを知った今、改めてわかったのは、あたしは結局、どこへも行ったことがない、だから本当の意味で帰ってきたこともない、ということだ。

ルチアは引っ込み思案なたちで、新しい体験に対してはいつも臆病だった。未知の世界めざして旅立ってみたいとか、見知らぬ誰かと出会って自分の心を開いてみたい、心と心を深く触れ合わせてみたいとか、そんな欲望を感じたことはほとんどない。慣れ親しんだこの木原公園という小さな場所で、独りで居心地良く暮らすことがルチアにとってはいちばん快適だったし、それで十分満ち足りていた。満ち足りていると、少なくとも思いこんでいた。でも、帰ることの、激しい歓喜といったものが、たぶんあるのだ。帰ることの、胸が熱くなるような誇りもまた。それを味わえるのは、味わう資格があるのは、ここではないどこかへ、はるかに遠いどこかへ行ったことのある者だけだ。そう思い当たると、ルチアの心に何やらどうしようもないやるせなさと空しさが込み上げてきた。帰るための長い旅路を辿りつつある「彼」に対して、その辛さや苦しさに対する憐憫《れんびん》のほかに、ふとかすかな羨望《せんぼう》を感じている自分に気づいてルチアはどぎまぎした。あたしの生活ってつまらない、とルチアはふと思った。そんなことはこれまで考えたこともなかったのだけれど。

しかしまた、それとは別に、こんなふうに考えることもあった。あたしはたしかに、こ

の木原公園とその周辺しか知らない。あたしの世界はとても小さくて、とても狭い。でも、ねぐらに戻って目を瞑って感じるあの感覚――「あたし」などはいない、ただ世界があるだけだというあの感覚はどうだろう。「あたし」と世界が溶け合って一つになり、「あたし」も世界もなくなってしまうというあの感覚。そこでは、小ささも大きさも、狭さも広さも、意味を持たないのではないか。宇宙を飛んでいるあの子と、この公園に棲みついてどこへも行ったことのないあたしとは一見ずいぶん違うようだけれど、しかし本当にそんなに違うのか。あたしもあの子も、とても孤独だ。二つの孤独ははるかに隔《へだ》たっているようで、けれどもその本質は結局同じなんじゃないかしら。その深い深い同じ一つの孤独のただなかで、あたしとあの子はしっかりと結びついているんじゃないかしら。だからあたしにはあの子の声が聞こえ、あの子にもあたしの声が聞こえるんじゃないかしら。

そう考えると羨望は消え、激しい憐憫の感情がまた体の底から突き上げるようにして戻ってきた。帰っておいで、とルチアは思った。早く、早く、帰っておいでと。そして、大丈夫よ、大丈夫だからと静かに宥めるように「彼」に語りかけた。大丈夫よ。だってあなたはあたしのなかにいるんだもの。不意に浮かんだその想念は、最初はルチア自身にも突拍子もないもののように思われたが、あながち変な考えでもない、いやこれ以上自然な考えもないとすぐに思い直した。「あたし」が世界であり世界が「あたし」であり、「あたし」でも世界でもないただ一つのものがあるだけだとするなら、あの子はあたしのなかを飛んでいるのだと考えて、どうしていけないわけがあろう。

帰っておいで。あたしのなかを、あたしに向かって。あたしはここにいるから。いつまでもずっとここにいて、あなたを待っているから。

さらに月日が流れた。

「ああ、また一つ、何かが壊れた。ぼくの体のなかで動かなくなっちゃったところがあるよ」と「彼」が呟く。「いよいよ速度が遅くなっちゃった。これでも前に進んでいるのかなあ」

「少しずつでいいのよ」とルチアは答える。「少しずつ、少しずつ近づいてくればいいの。そうすればいつかは絶対、地球に帰り着けるのだから」

「いつかって、いつさ?」ふてくされた子どものように「彼」は不機嫌な声を出す。

「もうすぐよ。もうすぐだから。頑張るの。あたしがいるから。あたしがここであなたを待っているから」

「……うん」

「ねえ、地球に帰ってきたら、木原公園に来るのよ。誰かに道を訊いて、絶対に来てね。ふたりで風に乗って飛び回ろうね。このニレの木の巣に一緒に棲んでもいいし」

「木原公園だね。わかった……」

「きっと来るのよ。約束よ」

「うん、約束するよ……。ああ、何だか揺れる。ぐらぐらする。体を真っ直ぐにしていられないんだよ……」

ルチアも「彼」も孤独だった。しかし、孤独とはいったい何なのだろう。ルチアにとってそれは生きることのいちばん基本的な条件だった。あたしは冷淡で皮肉屋で意地悪な女だから、とルチアは自嘲するように考える。あたしは頑強な砦《とりで》を自分の心の周囲に築いて、そのなかには誰も入れようとしない。あたしは人見知りするし、容易には打ち解けないから、本当に親しい友だちもいない。それでいいと思っていた。実際、そんな暮らしで不都合なことは何もなかった。しかし、このやるせなさはいったい何なのだろう。「淋しいよ……」とあの子は言った。あたしも淋しいのだろうか。

「彼」と知り合って以来、あたしには、あたしの生活には、何かが欠けていると感じることがルチアにはある。何かが足りない、このままではあたしは半分だけしか生きていないという痛切な思いがじわりと込み上げてきて、居ても立ってもいられないような気持ちになる。それを淋しさと呼んでもいい。しかし、それが、たとえば仲の良い友だちができて、その誰かと毎日楽しくお喋りするようにでもなればあっさり解消できるといった種類の淋しさではないことは、ルチアにはよくわかっていた。友だちによっても家族によっても、これは決して紛れようのない淋しさなのだ。真っ暗で凍りつくように冷たい宇宙空間を飛びつづけているあの子と、あたしは結局、同じだ。でも、あの子は今必死になって帰ってこようとしている。では、あたしはいったいどこへ帰っていけばいい？

生きるとは、いったい何なのだろうとルチアは考える。生きるというのは、記憶のことだろうか。記憶のなかに結晶した時間の堆積のことだろうか。ルチアはときたま、宇宙空間を飛びつづける「彼」は、昔ノスリに襲われて死んでしまったあの雛鳥の、あたしの子の、生まれ変わりなのではないかと思うことがあった。あの子は死んだのではなく、はるか宇宙の彼方に一挙に飛ばされて、そこで迷子になってさ迷っていたのかもしれない。今、ようやく帰り道を見つけて、あたしのところに帰ってこようとしているのかもしれない。

「あれが地球だ！」という弾んだ声が、ある日ルチアの心のなかで明るく響いた。「とうとう地球が見えたよ。ルチア、きみはあの星のどこかにいるんだね」

「ああ、良かった！　やっと戻ってきたのね」

「ううん、まだまだだよ。これからが大変だ。でも、ここまで来たら、きっと、もう大丈夫。ぼくはきっと帰れる。木原公園というところにいるきみを、ぼくはきっと見つけるよ」

その後、「彼」は本当に気が楽になったようで、何日おきかにルチアに話しかけてくるとき、ふたりのお喋りは他愛のない日常的な話題をめぐるものとなった。「彼」はルチアの生活についてあれこれ事細かに知りたがった。そんなに面白い体験をしてきたわけではないルチアは、話の種もすぐに尽きて困ってしまったけれど、どんな些細なことを語っても「彼」は面白がってくれた。あのねえ、水を飲もうとして川べりに近寄ってきた猫がいてね。水面に首を伸ばしたとたん、濡れた泥で足がつるっと滑って、川のなかにざぶんと落ちてしまったの。あれはおかしかった。それが、いつもお澄まし顔で歩いている気取り屋の猫なんだもの。泥まみれになって慌てて這い上がり、恥ずかしそうな顔になって、這《ほ》う這《ほ》うの体《てい》で逃げていったわ。——そんなどうでもいいようなささやかな話を、「彼」は喜んで、熱心に聞いてくれた。「猫」も「川」も、それがどういうものなのかまったく知らないに決まっているのに。

あるときなど、「彼」は小さな笑い声さえ立てたものだ。この子が笑うとは！　本当に気持ちが明るくなっているのだ。この子の辛い旅はもう終わったも同然なのだとルチアは思い、ルチア自身もころころとよく笑うようになった。ルチアだって、笑い声を立てることなどこれまでの人生で滅多になかったのだ。

4

さらに数か月の時間が流れ、「彼」の帰還の瞬間はもう本当に近づいているはずだった。ある日、ふだん通りルチアに話しかけてきた「彼」は、いつもの他愛のないお喋りの後、ふと思いついたように、どうでもいいことをほんの話のついでに付け加えるように、こう言った。

「ねえ、ルチア。ぼく、やっぱり地球まで帰ることはできないらしいんだ」びっくりして声も出ないでいるルチアに、「彼」は早口に、ひと息で、「地球の周りの空気の層を通るとき、それとぼくの体との間の摩擦で、大変な高熱が生じるんだって。ぼくの体はそれに耐えることができないんだって。だからぼくは、地上に着く前に燃え尽きてしまうんだって」努めて平静を装っているけれど「彼」の声がかすかに震えているのに、ルチアは気づかないわけにはいかなかった。

「そんな……」

「ねえ……残念だねえ。きみと一緒に、ニレの木の枝に並んでとまって、『狩り』とか『野ネズミ』とかの話をしたかったねえ」

「そんな、ひどいじゃない！」

「仕方がないことなんだ」と「彼」は何でもないことのように言った。

「だって、ひどい……。こんなに長い月日をかけて帰ってきたのに、あとほんの、もう少しなのに……」

「ううん、いいんだ。仕方ないんだ。ぼくはお父さんたちから言いつかった通りに、あの星の砂粒を取ってきた。ほんのちょびっとだけどね。でも、ちゃんと取ってきたんだ」そう言いながら、「彼」の声に誇らしげな力がみなぎった。「あんなに遠いところまで行ってねえ。そして、その後、体がこんなふうになっちゃって……でも、一生懸命帰ってきた。体は駄目になる一方だし、本当のことを言うと、もう目もあんまりよく見えないんだよ」

ルチアは何を言っていいのかわからなかった。

「でも、ぼんやりとなら、まだ見える。やっと地球が見えて、それがだんだん大きくなってきたこの何か月かは、ああ、本当に嬉しかったなあ。六十億キロ……六十億キロだって！　ずいぶん飛んだねえ。往《い》きはまだ元気いっぱいだったし、飛ぶこと自体が楽しくてたまらなかったから、大したことでもないような気がしていたけれど、やっぱりあの小さな星は、ほんとに、ほんとに、とっても遠いところにあったんだねえ」

「そうね」涙声になっているのに気づかれないように苦労しながら、ルチアは辛うじて言葉を押し出した。「あんたはえらい子ねえ。そんなに小さいのに、よくやり遂げて帰ってきたねえ」

「そうだろ！」と「彼」は得意そうに、ルチアが「彼」と知り合って以来、初めて聞くような陽気な声で、ほとんど叫ぶように言った。「ねえ、そうだろ！　ぼくは凄いことをやった！　ハッハッハア！　帰ってこられて本当に良かったなあ！」

「でも、あなたはここまでは、この地上までは帰ってこられない……」

「そう、そうなんだ。でも、いいんだ。いいんだよ。砂粒はカプセルに入れた。そのカプセルだけは燃えずに地上まで届くから」

「何てひどい話なの」とルチアは言った。「あなたの生みの親は、あんた自身は死んでしまっても、そのカプセルとやらさえあれば、それでいいって言うの？　その……砂粒を……」ルチアはつい、その馬鹿々々しい砂粒と言いそうになって、でもそれを取ってきたのをこの子がこんなにも誇りにしているものなんだから、悪く言ってはいけないという配慮が辛うじて働いて口を噤《つぐ》んだ。「その砂粒を取ってこさせるためだけに、あんたを利用して、あんた自身のことは見殺しにするって言うの？　それがあんたのお父さんやお母さんなの？　実の子を……」

「いいんだ、ルチア、いいんだよ。お父さんたちも悲しくてたまらないんだ。それはぼくにはよくわかる。できればぼくが死なずに済むように、何とかしてやりたいと、一生懸命考えてくれたんだ。でも駄目だった。ぼくをここまで帰ってこさせるために、お父さんたちは途方もない苦労をしてくれた。ぼくもそれに応えて、頑張って、頑張って、頑張った。そして、やり遂げたんだ。カプセルを送り届けられる地点までは、このぶんならきっと行き着ける。それで、ぼくの仕事は、ぼくの任務は終わる」

「仕事、任務……」それはルチアにはよくわからない言葉だった。ルチアは狩りをして獲物を食べるが、それはただ生きるために必要なことをしているだけだ。詩を作って朗読会で読み上げることもあるけれど、それはただ自分が楽しみ、聞く者を楽しませるための行為でしかない。どちらも、仕事でも任務でもないことは明らかだった。「そんなことのために……」

「でも、大事なことなんだよ」と「彼」はルチアを穏やかにたしなめるような、おとなびた口調で言った。「あの星からぼくが運んできたこのほんのちょびっとの砂粒は、お父さんたちにとってはとてもとても大切なものなんだ。それを取ってくるようにぼくは言いつかった。それがぼくの任務だった。任務を果たす。それで、ぼくの生きたことの意味はあったんだ。冷たい闇のなかをただ飛んでいって、同じ暗闇のなかをただ飛んで戻ってくる——それだけの生涯だったけれど、それを生きたことの意味はあった。ぼくはこの世に生まれて本当に良かったなあ。ぼくは本当に幸せだった」

冷たい宇宙空間を体の芯まで凍えつつ、孤独に飛びながらずっと考えつづけたこと、ことんまで考え抜いたことを、「彼」はただ静かな確信を籠めて語っているのだった。いちばん最初のときルチアに聞こえてきた「帰りたいよ……」「淋しいよ……」という、あの弱々しく心許ない呟きとはまったく違う、迷いも揺らぎもない明るい声で。あれ以来、「彼」の体の故障は増えつづけ、あちこち麻痺していって、健康が損なわれてゆく一方だったけれど、長い孤独な飛行の間に「彼」の心はどんどん強くなっていったのだ。「彼」は本当に成長したのだとルチアは改めて考えた。「彼」はもうおとなだった。辛い苦しい体験を経て、ルチアには及びもつかないような成熟した深い諦めの境地に至った、堂々とした一人前の鳥だった。

「あんたは、立派な鳥になったわねえ」とルチアは言った。

「そうかな、ふふっ……」と「彼」は照れたように少し笑った。「木原公園というところの上空を、きみと一緒に飛び回りたかったなあ。こんなふうにずっと広げっぱなしでいるのじゃなくて、この翼を上下に動かして、空気を打って、風に乗ったり、風に逆らったりして飛んでみたかったなあ」そんなことを言ってため息をつくときの「彼」は、しかしやっぱりまだいとけない子どものようだった。そして、ああ、疲れたよという小さな呟きとともに「彼」の声はぷつんと途切れた。この頃はどうかするとすぐ頭がぼんやりしてしまう、まともにものが考えられなくなる時間が長くなっているのだと「彼」は言っていた。長い月日にわたって宇宙空間を渡ってくる間に、強い放射線をいっぱい浴びてしまったからねと言うのだが、「狩り」や「野ネズミ」が「彼」にわからないように、「放射線」が何なのかルチアにはわからない。

そもそも六十億キロというのがどれほどの距離なのか、ルチアには想像もつかなかった。木原公園は端から端まで一キロくらいだと聞いたことがある。その十倍が十キロ、百倍が百キロ、えーと……。何が何だかわからないわ。でも、とにかく、それがとんでもない距離だということは間違いない。ほんとに凄いことをやったわねえ、あの小さな子が……。無邪気に遊んだり、友だちとふざけたりといったことを、あの子はいっさいしないまま、独りぼっちで飛びつづけ、その孤独のなかで魂を成熟させ、そして体の方はと言えば苛酷な条件のなかでぎりぎりまで力を振り絞ることを強《し》いられ、成熟を通り越して急速に老いていった。「彼」がもう満身創痍《まんしんそうい》であることをルチアはよく知っていた。

数週間後の深夜、「彼」の切迫した声が不意にルチアの心に飛びこんできた。そのときルチアは大きく翼を広げ、木原公園のうえをゆるやかに旋回していた。

「ルチア、もうお別れだよ。どうか元気でね。今まで、ずっと一緒にいてくれて、どうも有難う！」

えっ、一緒って……わたしたちはずっとこんなに離れていたじゃない。お互いの姿を直接見たことすら、まだ一度もないじゃない。本当には一度も会ったことがないまま、お別れなんて……。

「待って、待って」と言いながら、ルチアは力のかぎりに翼を打ち、空の高みへ向かってどんどん上昇していった。上昇していけば「彼」に会えると思ったわけではない。けれどもただ、可能なかぎり少しでも「彼」に近づきたかった。距離を縮めたかった。

「さあ、飛んでゆけ！　カプセルを切り離したよ。これでもう大丈夫だ」と、力強く平静な声で「彼」は言った。今、太陽系創成の謎を解き明かす手がかりになるかもしれない貴重な試料を収めたそのカプセルと並行して、「彼」はなおも飛びつづけていた。というよりむしろ、地球に向かって落ちつづけていた。「彼」はもう目もほとんど見えなくなっていた。

5

「暗いなあ。ここは本当に暗くて、もう何も見えないや。数えきれないほど見えていたあの星々はいったいどこへいったんだろう。そして、地球は……。もう一度、地球が見たいなあ」ゆっくりとゆっくりと、「彼」は体を回転させてみた。「あ、見えた。大きな大きな、真ん丸の星……。たっぷりした水をたたえて、真っ青な光に包まれて、しんと輝いている。ああ、地球……。何て美しい星なんだろう。あのどこかに、ルチア、きみもいるんだね……」

それはルチアに語りかけるというよりほとんど自分自身に向かっての呟きのようなものだったが、だんだん冷たくなってくる大気を貫いて上昇しつづけるルチアには、そのかすかな囁き声に乗った言葉が一語一語はっきりと聞き取れた。

「ああ、でもまた暗くなってきた。視界がぼやけて、掠れてゆく……真っ暗になってしまう前に、この美しい光景を心に焼きつけておかなくちゃ……」自分の視界が漆黒の闇に呑みこまれる寸前、「彼」はぱちりとまばたきして、その青い美しい星の姿を記憶のなかにくっきりと刻みこんだ。

そのとき、不思議なことが起きた。「彼」が必死の力を振り絞ってやってのけたその最後のまばたきは、ルチア自身のまばたきだった。ルチアにはそうとしか思えなかった。「彼」が最後に見た光景と、そのぼやけ具合や掠れ具合まで含めてまったく同一のものを、はっきりと、くっきりと、ルチアも見たからだ。それまで「彼」から届いてくるのはただ声だけで、「彼」の瞳に映った光景がルチアの心に伝わってくることなど一度もなかったのに、この最後の最後の瞬間、「彼」の渾身のまばたきによって、たった一度だけ、「彼」の瞳が捉えたものをルチアも見ることができたのだ。

それは地球だった。「彼」がそこに帰りたいとあんなにも熱望していたこの小さな小さな、丸い星。そこにはもう色はなかった。実を言えば「彼」の目はもうほとんど駄目になっていて、色を見る力は残っていなかったから。壮麗きわまる青の輝きを、「彼」はそこに、目ではなく心で見ていたのだった。その光景は鮮明でもなく、ぼんやりと掠れていた。全体を捉えきれてもおらず、三分の一ほどは闇に浸食されていた。ただし、そこに沢山の光の縦筋が走っているのは、「彼」の視覚の衰えのせいではなかった。単に、後から後から流れて止まない「彼」の涙で滲んでいただけなのだ。

しかしそれは、すばらしい光景だった。「彼」とともにルチアもまた、大きな大きな、青く輝く美しい星をそこに見た。そのどこかに木原公園があり、ルチアが居心地の良い住まいにしているニレの大木がある。「彼」に向かって、こっちに向かって、必死に飛翔しつづけているルチア自身の姿も、その視界のなかにたしかに存在しているはずだった。ここなんだ、あの子はここに帰ってきたかったんだ、とルチアは思った。

「お帰り！」とルチアは大きな声で叫んでやろうとした。「頑張って頑張って、よく帰ってきたね！　偉いね！　偉い子だね！」と。でも、すっかり息が切れていて、ルチアにはもう、かすかな掠れ声さえ出すことはできなかった。

その最後のまばたきでもう、「彼」の力は尽きた。もう体のどこも動くところはなかったし、何も見えず何も聞こえなかった。大気の抵抗を受けて少し速度の鈍った「彼」を追い抜いてカプセルが先に立ち、一直線に落ちていった。大気の層はますます分厚く稠密《ちゅうみつ》になり、「彼」の体がかっと熱くなりはじめた。

一方、ルチアは逆に凍えきって全身が痺れ、もうこれ以上は羽ばたきを続ける力が残っていないという限界点に近づいていた。そもそも、このあたりまで昇ると空気があまりに薄いのでいくら翼を打ってもほとんど手応えがなく、もっと上昇するどころか、今いる高度より下がらないように体を支えているだけで精いっぱいなのだ。もうとっくに「彼」の声は聞こえなくなっていたけれど、「彼」の体が炎に包まれはじめたのをルチアはまるで自分のことのようにまざまざと感じ取り、その激痛に呻《うめ》いた。最後に、本当に小さな、聞こえるか聞こえないかというほどの囁きがルチアの心に伝わってきた。

「ぼくの任務は終わったよ……」そう言い終えるか終えないかのうちに、とうとう持ちこたえきれなくなった「彼」の心臓が爆発した。「彼」の体は沢山の破片に分かれて飛散し、そのそれぞれが炎に包まれ、大小の火の玉となって地上に降りそそいだ。

ルチアは悲鳴を上げた。しかし、その瞬間悲鳴を上げたのはルチアだけではなかった。庭の真ん中に出て空を見上げていた猫のブルーは、長く尾を引くナァーオォーウという悲痛な鳴き声を洩らした。榎田小学校の校庭の隅の動物飼育ケージのなかで、金網越しにやはりじっと空を見上げていたリクガメのテオは、しゃがれ声でひと声呻いたが、それもやはり悲嘆の叫びにほかならなかった。

ルチアやブルーやテオばかりではない、地球上の様々な国の数多くの動物たち、人間たちが、「彼」の最期を心で感じ取り、心がちぎれるような叫びを上げた。深海深く身を沈めているシロナガスクジラ。人間の家の屋根裏にこっそりと息をひそめて暮らしているクマネズミ。生まれてからひとことも言葉を発したことがなく、終日ベッドに座り壁に向かって黙りこくっている九歳の少年。自分を棄てた飼い主を探して、人々からしっしっと追い払われながら都会の迷路をさ迷いつづけている飢えた犬。特養ホームのベッドに横たわり、一日中虚ろな視線をテレビ画面に投げながら時間の経過をひたすら耐えている身寄りのない老人。絶滅したと思われているけれど、実は今なお密林の奥深くで暮らしているタスマニアオオカミの最後の生き残り。その他もっともっと沢山の動物たち、人間たち。彼らの共通点は、彼らが皆、ルチアのような孤独な魂の持ち主だということだった。

シロナガスクジラのウェッ、ウェッ、ウェーイという悲鳴は、水を伝ってはるか数キロ四方に届いた。屋根裏のクマネズミも、人間や猫に聞きつけられやしまいかという怯えを一瞬忘れ、その小さな体を震わせて声をかぎりに叫んだ。九歳の少年の悲鳴を聞きつけて駆けつけてきた母親は、肩を震わせて泣きじゃくりつづける少年を抱き締めて、この子がこんなふうに感情を露《あら》わにするのは生まれて初めてなんじゃないかしらと、驚きとともに考えた。お腹を空かせた犬は、都会の空に向かって魂を振りしぼるような遠吠えをして、通行人たちをぎょっとさせた。特養ホームの老人は、両手で顔を覆って嗚咽《おえつ》した。タスマニアオオカミの甲高い遠吠えを耳にした人間は、誰ひとりもいなかった。

「彼」はルチアに「今まで、ずっと一緒にいてくれて、どうも有難う」と言い、ルチアはその「一緒」という言葉を訝《いぶか》しんだものだが、もちろん正しいのは「彼」の方だった。物理的にはふたりの間を莫大な距離が隔てていたけれど、しかし「彼」の「帰りたいよ……」という言葉を聞き届けて以来、ふたりの魂はいつも一緒だった。そして、ルチアのみならず実は地球上の数多くの孤独な魂たちが、長い長い帰還の途の間中、「彼」の声を受け取り、「彼」に自分の声を届け、ひたすら故郷をめざす「彼」の旅にずっと心を寄り添わせつづけていたのだ。

「彼」が孤独な炎と化して天空に散っていった後、ルチアは泣きながら、ほとんど墜落するようにして地上に降下していった。何だか、自分自身このまま地上に激突して死んでしまってもいいような自暴自棄の気分で、翼を動かそうという気にさえなれなかった。地上ほんの十数メートルのところまで来てようやく翼を広げ、風を摑まえてそれに乗り、池の水面に触れるか触れないかといったきわどいところを滑空して辛うじて墜落をかわし、そのまま飛んで対岸の木の枝にふわりと降り立った。

「ぼくの任務は終わったよ……」という「彼」の囁き声が耳元になまなましく蘇ってきて、ルチアはまたどっと泣き崩れた。だが、ひとしきり泣いた後ルチアは翼の先で涙をぬぐい、こんなことではいけないと自分に言い聞かせた。あの子は泣かなかったわ、とルチアは考えた。あの長い長い壮絶な旅の間中、「寒いよ……」と弱々しい声で訴えてきたときですら、ただの一度も泣かなかった。どんなに淋しく、不安だったろうに。どんどん体が駄目になっていき、いつなんどきすべてがぱったり止まって、それきり動けなくなって広大な宇宙空間にたった独り取り残されてしまうかもしれなかったのだから、どんなにか怖かったろうに。そして、最後には、あんなに帰り着きたかった故郷の星がつい目と鼻の先というところまでようやっと来て、それなのに、結局地上に生きて降り立つことはできないと知らされた。それでもあの子は泣かなかった。それどころかあたしの気持ちを斟酌《しんしゃく》して、むしろ明るい元気な声でそれを伝えてくれた。どんなにか悔しく、悲しかったろうに。

「ぼくの生きたことの意味はあった」と言ったわ。「本当に幸せだった」とも。

　勇気という言葉が浮かんできた。勇気という言葉があることはもちろん知っていた、でも、その本当の意味を、あたしは今の今まで全然知らなかったんだわ、とルチアは驚きとともに考えた。あの子が、あのすばらしい鳥があたしにくれた、大事な大事な贈りもの……。世を拗ねて、さもしい妬みや卑しい恨みを抱え、他人の振る舞いの揚げ足取りをしたり悪口を言ったりしながら暮らしている連中がこの世界にはいる。そういう連中も、自分では生きているつもりでいる。でも、生きるというのは、ああいうことじゃないんだとルチアは改めて思った。真に生きるとは、真に十全に生きるとは、「ぼくの生きたことの意味はあったよ」と明るい声でぽんと言い放てるということだ。その単純なことのために必要なのは、これまた単純なたった一つのもの、つまり勇気だ。とうていそんなことを言えるような状況にあったとは思えないあの子が、「本当に幸せだった」と言いきった。それが勇気だ。

あたしに残された生の時間はもうそんなに多くはないかもしれないけれど、残された歳月を勇気をもって生きよう。孤独から救われる必要などないのだ。どこまでも孤独な魂として、あたしはあたしなりの生を全《まっと》うしよう。そして、最後の最後という瞬間に「あたしの生きたことの意味はあった」と言えるようになろう、あの子の、あの立派な鳥の尊い犠牲に報いるためにも――後から後から溢れ出していつまでも止まらない涙をぬぐいながら、ルチアは自分にそう言い聞かせた。木原公園に棲む小さなフクロウだけではなく、その晩地球上のあちこちで沢山の生き物が同じ思いを嚙み締めていたということは、付け加えるまでもない。

キセキ

月は繊維でできている、……　吉増剛造

1

真夜中なのに、深々とした紺青色の空の中天にかかった満月から、皓々《こうこう》と明るい光が降りそそぎ、それに照らし出されて、地上の森羅万象がほんのり輝いているようだ。草の葉一枚一枚、小石一つ一つにまで不思議な微光がまとわりついているようなそんな初夏の夜、アナグマのアントン坊やは、わあわあ、わあわあ泣きながら、川岸を上流に向かってのろのろと歩を運んでいた。独りぼっちだった。いつもアントンのすぐ身近にいて何くれとなく気を配ってくれるお母さんはいない。

お母さん、お祖父さんと一緒に三匹で暮らす土手の脇の巣穴に、ついさっきまでアントンはいた。夕飯の後、お腹がいっぱいになってごろんと横になり、そのままうとうとしているうちに怖い夢を見た。夢のなかでアントンは、つい今朝がた現実にそうしていたように、お母さんと並んで川原の草むらに寝転び、気持ちのよい風になぶられながら、夏を迎えて盛んな勢いで伸びはじめた草花のにおいを楽しんでいた。ところが、ふと気がつくと、

アントンの周りの草むらが茶色く干からびはじめているのだ。葉も花も見る見るうちに乾いて醜く縮こまり、指でちょっと触れるとほろほろと崩れ落ちてゆく。草花を枯死させるその禍々《まがまが》しい病はどんどん広がって、アントンを中心に始まったその円形の枯れ野は、外へ外へと拡大してゆく一方だ。さっきまで大気を満たしていたあのうっとりするほどみずみずしい草いきれの芳香はもうかき消えて、胸の悪くなるような酸っぱいにおいがあたりいちめん立ちこめている。

それに続いてもっと怖いことが起こった。草花に触れたアントン自身の指先も知らないうちに茶色に染まっていて、その醜い染みが前足から肩に向かってじりじり這い上がり、背中からお腹へ、後足へと広がってきたのだ。ああ、ぼくの体が干からびてゆく、崩れてゆく、腐れてゆく……。お母さん……そうだ、お母さんはどこにいる? 慌ててあたりを見回すと、かさかさに縮れた草花の残骸がいちめん広がっている、その荒れ野のかなたに、お母さんの後ろ姿が小さく見える。(お母さん!)と叫ぼうとするのだけれど、咽喉《のど》が締めつけられるように苦しくてまったく声が出ない。

咽喉を掻きむしっている両手をふと顔の前に上げてみると、それはもう、真っ黒に焦げた二本の棒杭のようなものになってしまっているではないか。ああ、ぼくは何かとんでもない病気に罹《かか》っちゃったんだ、きっと、もう死んじゃうよ、お母さん、助けて……。すると、どんどん遠ざかってゆくようだったお母さんがふと足を止め、顔だけこちらにちらりと向けた。ああ、よかったよ、気づいてもらえたんだ。ところが、そのお母さんの顔は、今まで一度も見たことのないような冷たい無関心の表情を浮かべているのだ。ああ、戻ってきてよ、お母さん、何とかしてよ。風邪を引いたり怪我をしたりするといつもしてくれるように、顔から手からお腹から、ぼくの体中をぺろぺろ舐め回してよ。

そんなとき、お母さんの濡れた温かな舌の感触が、何という幸せな安らぎをアントンの全身に広げてくれることだろう。いつまでも舐められているうちにくすぐったくなってきて、もういいよ、お母さん、もういいからと小さな声で言ってみる。でもお母さんは止めずにそのままずっと舐めつづけ、やがて悪戯《いたずら》っぽい顔になって前足の先でアントンの腋の下やお腹をくすぐりはじめる。やめてよ、やめてよ、我慢できないよ。アントンは笑い出す、お母さんもアントン、アントン、あたしの可愛いアントンと言いながら笑い転げている。そんなふうになればもうすでに、痛いのも苦しいのもどこかに吹っ飛んでしまっている。ああ、ぼくがこんなに大変なことになっている今、なぜお母さんは駆けつけてきてそんなふうにぼくを構ってくれないのだろう。こっちを見てアントンの異状に気づいたはずなのに、なぜお母さんはあんな冷たい顔をこわばらせたまま、あんな遠いところでじっとしているんだろう。と、その冷たい顔の口元に、何かとても意地の悪い、あざけるようなかすかな笑みが浮かんだのを、アントンはたしかに見てとってぞっとした。次の瞬間、お母さんはくるりと顔をそむけ、またすたすたと遠ざかってゆく。（お母さん！　お母さん！）といくら叫んでもそれは声にはならない。お母さんの後ろ姿はどんどん小さくなってゆく……。

はっと目が覚めたアントンは、溺《おぼ》れかけていた者が何とか必死に手足を動かし、辛うじて水面に顔を出したような、激しい息遣いをしばらく繰り返していた。下腹のあたりがびしょびしょに濡れて気持ちが悪い。また、おねしょしちゃったんだ、叱られちゃうよ……。アントンはもぞもぞと起き上がり、ごめんね……とすぐそばに寝ているはずのお母さんに謝ろうとした。ところが、お母さんがいないのだ。

ようやく息遣いが治まったアントンは、立ち上がって、穴倉の向こうの隅に体を寄せて眠っているお祖父さんのところへ行ってみた。

「ねえねえ」と体を揺すったが、お祖父さんは何やらむにゃむにゃ呟くだけで目を覚ましてくれない。

「ねえ、お母さんがいないよ」

「んん……」

「お母さんがいなくなっちゃった！」

「……不毛の白が鳴り響く……不可能な風と不穏な光のように……」いったいどんな夢を見ているのか、お祖父さんはわけのわからない寝言を呟いている。「終末の鐘を合図に……蒼《あお》ざめた詩の聖霊は階段を降りはじめ……」

フョードルという名のこの老アナグマは、詩を作るのを趣味にしていた。詩と言っても、フョードルが作品と称しているのは何やら妙ちきりんな呪文みたいなもので、誰ひとりまったく理解も共感もできずに当惑するばかりなのだけれど、作者自身は皆の前でそれを朗々と詠誦《えいしょう》して大得意なのである。

「お祖父ちゃん！　ねえねえってば！」

「あん？……」お祖父さんはようやく薄目を開けて、「おお、アントンかい。お母さんって……きっと、どこか、散歩にでも出たんだろ。さあ、坊やもまたお眠り」

「でも、でも……」

「いいから、さあお眠り、お眠り。夢は第二の人生と言うての……いやいや、寝るは極楽、つるかめつるかめ……」フョードル爺さんはまた目を瞑《つむ》ってくるりと寝返りをうち、もぞもぞと体を動かしていちばん居心地のよい姿勢を見つけると、大きなため息に続いてふたたび幸せそうな寝息を立てはじめた。

散歩なんかじゃない、とアントンは心のなかで叫んでいた。お母さんがどこに行ったのか、いや誰に会いにいったのか、ぼくは知ってるぞ。お母さんはあの牡のアナグマに会いにいったのに決まっている。ついこないだ近所に越してきたあの独り者のアナグマのやつ、狎《な》れ狎《な》れしくお母さんに近寄ってきやがって。お母さんだって、けっこう満更でもないんだ。あのアナグマが「どうぞ皆さんで」とか言って持ってきた木の実を受け取ったとき、変に恥ずかしそうな笑顔を見せていたのに、ぼくはちゃんと気づいていたぞ。あんなもの、要りませんって突っ返しちゃえばよかったのに。あんな木の実くらい、もうちょびっと大きくなればぼくだって簡単に集められるよ。今はまだ子どもだから何もできないけど、もう少し経てばお母さんやお祖父ちゃんを手伝って何でもできるようになる。

アントンの誕生直後に事故で死んでしまったというお父さんのことを、アントンは何にも覚えていない。以来、三人きりの家族で暮らしてきたけれど、優しいお母さんのこともちょっと風変わりな放心癖のあるお祖父さんのことも大好きだから、お父さんがいなくて淋しいと思ったことなど一度もなかった——あのアナグマが現われたときまでは。大きくて強くて勇敢だったというお父さんさえ生きていれば、あんなやつ、絶対お母さんに近寄らせないのに。

すやすやと寝入ってしまったお祖父さんを残して、アントンは巣穴の外へ出た。もしお母さんが散歩に出たのなら、帰ってくるところを出迎えてあげようと思ったのだ。しばらく巣穴の入り口で待っていたが、お母さんはもとより、あたりにはどんな生き物の影もない。明るい月の光がどこにもかしこにも行き渡っていて、その耀《かがよ》いが、アントンのよるべない孤独感を、仄《ほの》かな恍惚の気配で何やらうっとりと染め上げるようでもある。淋しさとないまぜになった、呆けたような陶酔。そんな奇妙な感情にいざなわれ、また夢の続きに戻ってゆくようにアントンはふらふらと歩き出した。このところ急に丈の高くなった草の茂みをかき分けかき分け、川べりへと向かう。外へ出るときはいつもお母さんかお祖父さんと一緒だったから、こんなふうに独りっきりで川のすぐ近くまで行くのは生まれて初めてのことだ。

いつもと同じ、見慣れているはずの水の流れなのに、さざ波に月光が照り映えてきらきら光っているのがとてもきれいで、何だか別世界に迷いこんでしまったような気がする。静かだった。水の流れる単調な音と木々の葉むらのひっそりしたさやぎ以外、何も聞こえない。別世界……でもそれは、ひょっとして、お母さんのいない世界のことなんだろうか。

体の底から何かがこみ上げてきた。それをぐっと押し戻す。またこみ上げてくる。胸いっぱい息を吸ってそれをぎゅっと抑えつける。お母さんやお祖父さんから頼りにされるような、立派な男の子にならなくちゃいけないんだから。泣き虫や弱虫のことをお母さんは大嫌いなんだから。でも、その何か熱くて激しいかたまりが咽喉もとにこみ上げてくる間隔が、どんどん短くなってきた。息を吸ったり吐いたりする余裕もなくなってきた。突然、こらえにこらえていたものが決壊し、アントンは大声を上げて泣き出した。月光を反射している川のさざ波が美しい、胸が締めつけられるほど美しい……。アントンは泣きながら、いつの間にかまた当てもなくふらふらと歩き出していた。

まあそういう次第で、人も動物も寝静まった深夜の川べりを、わあわあ、わあわあ泣いている小さな仔アナグマが一匹、ふらふらさ迷っていたというわけだ。

2

悲しくて切なくてやるせなくて、どうにもこうにもこらえきれず、わあわあ、わあわあ泣いてしまう子どもの頃の一時期があるものだ。それはほんの短い一時期だけのことで、それを過ぎるとどんな子どもでも、ほろほろ涙を流すとか、歯を食いしばって目が潤むのを我慢するといったことはあっても、ただひたすらわあわあ、わあわあ泣いたりはもうしなくなる。そんなことをしても何にもならないということが、子ども心にも肝に銘じてわかってしまうからだ。

でも、あまりにしょっちゅうだと少々困るけれど、とても幼い、しかし自分と世界の関係がちょっぴりわかりはじめたその一時期に、ときたまそういうことが起こるのは、決して悪いことではないとわたしは思うのだ。わあわあ、わあわあ泣いている子どもを前にするともうおろおろしてしまって、すぐさま甘ったるいお世辞を並べたりお菓子を買い与えたりして宥《なだ》めようとする親がいる。また、わがままだ生意気だと腹を立てて、頭ごなしにぴしっと叱りつけ、怯えさせて泣きやませようとする親もいる。

そういうことはしてはいけないのだ。良い子の仮面をつけて変に我慢したりせず、わあわあ、わあわあ泣きたいだけ泣くこと、そしてそれをしても何にもならないのだと骨の髄まで思い知ること、それはとてもとても大事な体験なのだから。わあわあ、わあわあ泣けるだけ泣いてよいこの牧歌的でも危機的でもある一時期をうまくくぐり抜けられず、性格が捩《ね》じくれてしまったおとなたちが、世の中にはけっこう沢山いないだろうか。

子どもがわあわあ、わあわあ泣いていたら、放っておいてやりなさい。この世に生を享《う》けてあることのよるべない悲嘆を、虚空に向かってあてどなくぶつけることの爽快な解放感。それを心ゆくまで堪能させてやりなさい。そんなに何時間も何日も、わあわあ、わあわあ泣きつづけられるほどの体力や精神力を持った子どもなんぞいやしない。疲れ果てた子どもはほどなく泣きやんで、ひっくひっくとしゃくり上げるだけになるだろう。そうしたら、子どもの背中にそっと手を置いて、きみは独りぼっちじゃないんだよと、言葉ではなく（なぜなら言葉というのは思いがけないほどしばしば他者を傷つけるものだから）、そのてのひらの感触で教えてやるのだ。そして、そのてのひらで、何か小さな楽しみへ向けて子どもの背中を押してやる。この世に生を享けたことのよるべない悲嘆を十分以上に償ってくれる、喜びや興奮や幸福が世界には溢れているんだよと無言で教えてやるのだ。一緒に出かけていってそれを楽しもうじゃないかとそっと誘ってやるのだ。

でも、この晩、アントン坊やの背中にそんなふうに手を置いてくれるおとなの動物はいなかった。実際、世界中から生き物という生き物の気配が途絶えてしまったような異様な静寂が支配する、何か不思議な夜だった。アントン坊やはせいぜい大きめのドブネズミほどの背丈しかなかったから、月明かりの下、周囲に注意を払いもせずにこんなふうに大きな泣き声を立てて歩いていたら、獲物を探して目を炯々《けいけい》と光らせている獰猛《どうもう》なフクロウあたりにたちまち目をつけられ、恰好の餌食になってしまう危険が大いにあった。なのに、この夜のアントンが無防備に身をさらしつづけてフクロウにもイタチにも襲われなかったのは、好運だったということか、それとも他に何か理由があったのか。

どれほどの時間が経ったのかわからない。大きく息を吸いこんで、また、わあ……と声を張り上げようとして、それがぴたりと止まってしまったのは、傍らを流れる川の水面で何やら妙なことが起こっているのに、ふと目が留まったからだった。それは流れがたゆたって小さな淵のようになっている一郭だったが、水面が前触れもなしに、ぽあっと丸く盛り上がって、すぐまた元に戻ったのだ。盛り上がって、元に戻る。魚が跳ねているのとはまったく違う水の動き。あれはいったい何だろう。

ぼあっ、ぼあっ、ぼあっと連続的に盛り上がっては元に戻る、その上下の動きの繰り返しの速度がだんだん増し、盛り上がりの頂点も高くなってゆく。最後にもう一度、盛り上がった水はそのまま直径二十センチほどの球形のかたまりになって水面からぷつんとちぎれ、何によっても支えられず水面の十センチほど上のところにぽかっと浮かび上がった。月光を反射してきらきら輝いているその水の球は、ふるふる震えながらゆっくりと回転している。

何か変なことが起きている……。「キセキ」だ、とアントンは思った。また「キセキ」が起こったんだ。

これには少々説明が必要だろう。アントンはちょっと変わった子どもだった。この子はときどき、何かをじっと見つめていたり、何かにじっと聴き入ったりしているうちに、ここがどこかも自分が誰かも忘れて、茫然自失の状態に陥ってしまうことがあった。たとえば、激しい夕立ちを受け、川の流れがどんどん速くなってゆくさまが面白くて、川岸に腹這いになったまま、どんなにずぶ濡れになってもそこを頑固に動こうとしないので、お母さんが呆れてしまうことがある。無数の雨粒が次から次へ急流に吸いこまれ、溶けこんでゆく。恵みの雨粒を川が大事に受け止め、それを乗せてどこか秘密の目的地へ運んでゆくようでもある。また、水面に斜めに突き刺さる水のつぶてが、その衝撃で川を動かし、川を急き立《せ》て、川を励まし、この世界全体に生命のエネルギーを充塡《じゅうてん》しているようでもある。もちろんそんな言葉でものを考えることはできなかったけれど、何かそんなふうに「感じ」ながら、言葉にならない言葉でその「感じ」をいとおしみ、慈しみ、撫でさすっているうちに、時間が経つのを忘れてしまう。

降り出したときと同じような唐突さでその雨が上がる。ごろんと寝返りをうって仰向けになると、透きとおった夕空に大きな虹が懸かっているのが見える。そのきれいな七色のプリズムにうっとりと見惚れながら、この世界には激しい勢いで落ちてくるものもあれば、何の重さもなく宙に浮かんでいるものもあるのだとアントンは考える。この世界には何ていろいろなことが起こるのだろう。ぼくはどこから来たんだろう、どこへ行くんだろうとふと訝《いぶか》しみ、やがて静かな恍惚感がアントンを満たす。

たとえばまた、早朝の川辺で、草の葉の先端に乗った一粒の露の玉がふるふると揺れ動いているさまを見つめている。露の玉に目を近づけると、その微小な曲面に、ちっちゃなちっちゃなアントン自身の顔が映っている。ぼくの視力ではとうてい見ることができないけれど、この玉の表面には、ぼくの周りの草むらも、ぼくの脇を流れている川も、ぼくの頭上に広がる空も、そこをゆっくり移動してゆく雲も、そこを横切ってゆく渡り鳥の群れも——つまりはこの世界の何もかもが映っているに違いない。前足の爪の先で草の先端に触れ、そっと、そおっと揺すってみると、露の玉は前後左右にころころ動く、回転する。きっとそれと一緒に、このしずくに映った全世界がころころ動き、回転しているんだ。何て凄いんだろうと思い、またあの仄かな恍惚状態が訪れて、時間が経つのを忘れてしまうのだ。

そのうちに、どこかから飛んできたテントウムシが草にとまって、その瞬間、草の先端がぐっと下がって露の玉は地面に落ち、どこかへ消えてしまう。それと一緒にアントンの恍惚感もはじけ飛んで、アントンは目をぱちくりさせながら我に返る。でも、今度はそのテントウムシが面白くてたまらなくなり、それに目を凝らしはじめて、ほどなくまたあの陶酔が戻ってくるのだった。こんなきれいに彎曲《わんきょく》した体、こんなきれいな赤と黒の模様を、こんなちっこいやつが持っているのは、いったいどうしたわけなんだろう。「さあ、アントン、帰るわよ。……何してるの、アントン、アントンったら！」と、遠くの方でお母さんが叫んでいる。うるさいなあ、ここでこの妙ちきりんな生き物の、妙ちきりんな動きを見ていたいのに。おや、可愛いちっちゃな翅《はね》を出したぞ……あ、飛んでいっちゃった……。

「ぼくって、変な子なのかな」とお祖父さんに訊いてみたことがある。

「お母さんが、そう言うたのかの」

「うん」

「……『変な子』のどこが悪い。けっこうなことじゃないか」お祖父さんが、おまえは変な子なんかじゃないぞとただちに否定してくれなかったので、アントンはちょっとがっかりした。

「嫌だよ、『変な子』なんて」

「いやいや。『変』というのはすばらしいことなんだ」

「そうかな……。こないだもねえ、空の高い、高いところでヒバリがピピピ、ピピピって、きれいな声で鳴いていてねえ。それから、川の水の流れる音でしょ。風の音でしょ。目を瞑ってその全部を聴いているうちに、瞼《まぶた》の裏に、波打つような薄紫の広がりが見えてきて、そのなかにいくつかの黄色い点々が、ゆっくり踊り回っているんだよ。すっごく、すっごくきれいなの。ぼくは何だかうっとりしちゃって」

「ほお……」

「でも、お母さんにその話をしたら、あんたは変な子だねえって」

「ふん、言わせとけばいいじゃないか」

「お祖父ちゃんの血筋かしらねえ、とも言ってたよ」

「え、そんなことを……まあいいさ、いいじゃないか。わしらは浮世離れした『変』な爺さんと、その『変』な孫なのさ」

アントンはあんまり「いいじゃないか」とは思わなかったけれど、お祖父さんの機嫌を損ねるのを恐れて黙っていた。それから、

「でも、お祖父ちゃんにも、そういう『変』なことが起きたりするの」と訊いてみた。

「おお、もちろんだとも。そういうことが、たしかにあるんだ、奇蹟のような瞬間が——」

「キセキって何？」

「奇蹟というのはね……何と言うかな……。この世界を超えたものが見えるってことさ」

「超えるって何？」

「うーん、本当であるはずのないことが、本当だとわかるんだ」

「本当でないって、嘘ってこと？」

「嘘と本当の間の境界を越えて……。なあ、アントン、まるで嘘としか思えないものの、見かけの下に、本当のなかの本当、極めつきの本当が秘められているんだよ。それが一挙に露わになる、そういう瞬間があるってことさ。それが奇蹟なんだ」

「秘められているって何？　それから、露わになるって何？」

「うーん……」

どうも要領を得ない会話だったが、とにかくこうして「キセキ」という言葉をアントンは覚えたのだった。それ以来、あの不思議な恍惚が訪れるたびに、あ、「キセキ」だと思うようになった。おかしなもので、ひとたびそういう名前を付けてもらうと、「変な子」だとか何とか言われてもアントンにはまったく気にならなくなった。実際、アントンの川辺の暮らしにはいたるところ小さな「キセキ」がひそんでいた。そして、それが見えるたびにこのアナグマの子どもはえも言われぬ幸福感に満たされる。「キセキ」を体験するということがどうやら絶えてないらしいお母さんを、可哀そうだなあと思うようにさえなったものだ。そういう「キセキ」の瞬間をお祖父さんに一生懸命説明しようとして、うまく言葉にはならないのだけれど、お祖父さんがうんうんと頷《うなず》いてくれると嬉しかった。

「いいのう、おまえは」とお祖父さんが羨ましそうに言うこともあった。「毎日のように『キセキ』が起こる、そういう年齢なんだなあ。わしも子どもの頃は……」

「だって、言ってたじゃない、お祖父ちゃんだって……」

「そりゃあまあ、たしかにわしだって、今でも、そういう瞬間を体験することがないでもない。しかしそれも、ずいぶん稀《まれ》なことになってしもうたなあ」とお祖父さんは淋しそうに言うのだった。「アントン坊は、今、生涯でいちばん幸せな時期のまっただなかにいるんだよ。でも、そうだったんだと身に沁みてわかるのは、ずっと後になってからのこと……」

この夜、川の水面のうえにぽっと浮かび、ゆっくり回転している水の球と向かい合ったアントンの頭に、「キセキ」という言葉がよぎったのはそうしたわけだった。

その水の球が、不意にこちらに近寄ってきた。岸を乗り越え、草の葉の先を掠めてアントンの顔のすぐそばまでぐぐっと接近し、つい目と鼻の先でぴたっと止まった。ちょうどアントンの体と同じくらいの大きさだ。アントンはどぎまぎしながら、しかしなぜか怖いという気持ちはまったくなくて、むしろそれが自分を見棄ててどこかへ行ってしまうんじゃないかということが心配だった。何とかして、こいつを引き留めなくちゃ。そう考えて、「ねえ……」ととりあえず声に出して言ってみた。「ねえ、きみは誰なのさ」

3

水の球はただ静かに、縦に、横に、斜めに回転しているだけだ。そのうちに、球の内部から光がゆっくりとみなぎって、全体が七色に発光しはじめ、それがちらちらまたたいて、同時に軽やかな笑い声のようなものが聞こえてきた。

「きみは誰？　きみは何？」とアントンがまた言った。

「うふふ……」とその〈子〉はたしかに笑っている。

「ぼくの名前は、アントン・パーヴロヴィチ。きみは?」

「アントン・パーヴロ……パーヴロ……?」鈴がちりんちりん鳴るような涼やかな、しかしどこか覚束ない幼い声で、その〈子〉はアントンの言葉を繰り返す。

「アントンでいいよ。きみの名前は?」

「ナマエ……ナマエって、わからない……」と〈水の子〉は言う。

「誰だって、名前があるだろ。ひとりひとりの呼び名がさ。ぼくのお母さんの名前はソーニャ、お祖父さんはフョードル・ミハイロヴィチ」

「ミハイル……ミハイルロ……」

「いいから、いいから」それからちょっとためらって、「ねえ、遊ぼうよ」と勢いこんで言った。ついさっきまでわあわあ、わあわあ泣いていたことも、その理由も、アントンの頭からもうきれいにかき消えていた。

「アソブ……アソブって何?」覚束ない声でそう言いながら、その間も〈水の子〉はたしかに「うふふふ……」という可愛い笑い声を立てつづけている。

アントンは片方の前足を上げ、それを恐る恐る伸ばして、〈水の子〉にそっと触れてみた。〈水の子〉のとても冷たい表面(皮膚、だろうか?)がぶるっと震え、可愛い笑い声がいちだんと高まる。

「くすぐったい……くすぐったいや……」という囁き声。

また触ってみる。〈水の子〉が笑う。アントンは思いきって、前足を〈水の子〉の表面にぐっと押しつけてみた。と、ちょうど水に手を突っこむような具合に、アントンの前足はそのままずぶりとなかに入ってしまう。

「あっ……」という叫びが、アントンと〈水の子〉のふたりから同時に上がった。アントンはちょっとびっくりしたけれど、すぐ気を取り直して何か悪戯っぽい気分になり、その前足を〈水の子〉のなかに差し入れたままにおいてみる。とても冷たくて、てのひら全体がたちまちじんじん痺れてきた。でも、ちょっと心配になって、

「痛くない?」と訊いてみた。

「イタイ……イタイって、わからない。何だか、変な感じだよ。くすぐったいよ」という答えが返ってきた。

宙に浮かぶ〈水の子〉がゆっくり左右に動いた。それに引っ張られてアントンの前足も左右に揺れる。〈水の子〉が少し上昇すると、前足を引っ張られてアントンはつんのめりそうになる。不意に〈水の子〉が後ろにすいっとしりぞき、アントンの前足の先がすぽっと抜けた。〈水の子〉の体に、アントンの前足の形に凹んだ小さな穴が空いているが、それは見る見るうちに修復された。内部から溢れてきて盛り上がりすぎた水の勢いに引っ張

られ、いっとき〈水の子〉はいびつな形になったけれど、すぐまた元の球形を取り戻し、相変わらずふるふる震えながら回転しつづけている。アントンのてのひらはすっかりかじかんでしまったが、にぎにぎを繰り返すうちにだんだん痺れが薄れ、前足に温かみが戻ってきた。

面白くなってきたアントンは、次の瞬間、えいっとばかりに突進して〈水の子〉に体をぶつけてみた。一瞬、何が起こったのかよくわからなかった。衝突の瞬間、アントンの目の前で何かがぱちんとはじけ、冷たいしぶきが飛び散って顔や背中に降りそそぐ。

「あ、ごめん、ぼく……」アントンはすっかり動揺して叫んだ。「ぼく、きみを……壊しちゃった！」ぞっとして、しばらく凝然と立ち竦《すく》んでいた。

と、アントンの全身の毛皮から丸い細かい水滴がさあっと滑り落ち、また、草むらの間からやはり同じような無数の水の粒がふわりと浮かび上がった。それらすべてが寄り集まり、かたまりになって、たちまち元の水の球が復活した。それは宙に浮かんだまままさっきより大きな動きでぶるぶる震えていて、同時にあのぱっとはじけるような可愛い笑い声がまた聞こえてきた。

「壊れてなんか、いないよ。壊れることなんか、ないよ」

「ああ、よかった。きみが死んじゃったかと思った」

「ぼくは……ぼくらは、死なないよ。形はいろいろに変わるけれど、たとえどんな形になっても、ぼくらは壊れもしないし、死にもしない」

「それって……『キセキ』だよね」

「『キセキ』……？」

「『この世界を超えたもの』のことさ」

「セカイ……？　コエル……？」

「うん。お祖父ちゃんが教えてくれたんだよ」

「超えることなんか、ないよ。ぼくらは生まれてくることもないし、死ぬこともない。増えることもないし、減ることもない」

「ふーん……よくわからないけど……」

「この世界は、超えられないよ。だって、ぼくらが、この世界なんだから」

「ぼくらって、誰？」

それには答えず、〈水の子〉はすうっと近づいて、アントンの鼻づらのすぐ間近のところまでやって来た。あ、この〈子〉のなかにぼくがいる、とアントンは思い、しかしすぐ、そうじゃなくて、彎曲した水面にぼくの顔が映っているんだと気づいた。あれれ……でも、この顔は……。次の瞬間、〈水の子〉の表面に映って七色に輝いているそのアントン自身の顔の鏡像が、不意に立体感を帯び、こちらに向かってぐぐっと突き出してくるようではないか。〈水の子〉の一部が盛り上がり、ふるふる震える透明な水のかたまりのまま、アントンの顔そっくりの形に変化しているのだった。続いて、そのかたまりから前足が出て後足が出て、尻尾さえ生えて、いつの間にかそこに「水でできた双子のアントン」が出現しているのだった。

目を丸くしたアントンが一歩近づくと、その〈水のアントン〉は一歩しりぞく。ずいずいっと迫ってゆくと、そいつもまた、ほとんど鼻と鼻とが触れんばかりの距離を絶妙に保ちつつ、ずいずいっと後ずさりする。アントンはぴょんと力いっぱい跳ねて〈水のアントン〉に飛びかかった。すると、〈水のアントン〉はくるっと後ろを向き、あの軽やかな笑い声を立てながら一目散に逃げ出した。追いかけっこが始まった。アントンは全速力でダッシュするが、草むらの間をあっちこっち自在に跳ね回る〈水のアントン〉にどうしても追いつけない。

やがて、疲れてきたアントンは、ふと思いついて、ジャンプするふりをしながらその寸前で横に体を逸《そ》らし、川原に転がっている大きな石の蔭に身を隠した。荒い呼吸を何とか抑え、また忍び笑いも抑えて、物音一つ立てないように注意しながらじっと待つ。しばらく経って、石の横から頭をちょっと覗かせて前方を窺ってみると、〈水のアントン〉の姿は見当たらない。あれれ……と訝りながら、石のうえに前足をつき、頭を出して周囲をきょろきょろ見回してみたが、きらきら輝くあの〈子〉の姿はどこにもない。

と、頭の後ろに何か冷たいものがちょこんと当たった。振り返ったとたん、俯せになった水平の姿勢で宙に浮かんだ〈水のアントン〉と鼻先を突き合わせ、思わず飛び上がってしまう。「うふふふ……」という、あの鈴がちりんちりん鳴るような透きとおった声で笑いながら、仔アナグマの姿になった水のかたまりが、空中でぶるぶる震えている。

飛び上がったアントンはそのまま横っ跳びに逃げ、どんどん走り出した。攻守交替で、今度はアントンが逃げ、それを〈水のアントン〉が追いかける番だ。アントンは、木蔭に回りこんだり草むらに隠れたり、急に身を翻して逆方向に走り出したりして、〈水のアントン〉を何とか振り切ろうとする。〈水のアントン〉は地面のうえを走る恰好をしたり、宙に浮いてすーいと滑ったりしながら、息を切らして逃げ回る仔アナグマを追いかける。木の幹を反対側から回りこんで待ち伏せしたり、アントンがちょっと油断して動きを止めると、いつの間にかアントンの頭の真上に浮かんで「うふふふ……」と笑っていたりする。アントンも笑っている、ふたりとも笑っている。川の水音だけが静かに響いてくるなか、明るい満月の光を浴びて、二頭のアナグマの子どもが追いかけ合い、じゃれ合い、絡み合うようにして転げ回っている。一頭は本物のアナグマだが、もう一頭はアナグマの形をした、しかし虹色にきらきら輝く水のかたまりだ。それは何とも不思議な光景だった。

しまいに、疲れきったアントンは、ぜいぜいと荒い息をつきながら地べたにへたりこんだ。元の球形に戻った〈水の子〉がすうっとまたアントンの鼻先に寄ってくる。

「アソブって、こういうことか……」とその〈子〉は言った。

「そうだよ。遊ぶのは楽しいね」

「うん」

ふたりはしばらく黙っていた。それから、

「きみはどこから来たの?」とアントンが訊いた。

「どこから……どこから……。どこからでもないよ。ぼくらはどこにでもいるんだから」

「ぼくらって、誰?」というのは、もうさっきしてしまった質問で、それには返事が返ってこなかった。だからアントンはその代わりに、

「きみみたいに宙に浮かんでいられたら、たしかに、どこにでもいられるよなあ」と羨ましそうに言ってみた。

〈水の子〉はその言葉を聞いて嬉しくなったらしく、宙に浮かぶ自身の身軽さを誇示するように、ふわりふわりと前後左右に、まるでダンスでも踊るように動いてみせた。それを見ているうちに、またアントンに悪戯ごころが湧いた。いきなり立ち上がると、〈水の子〉

の不意をついて突進し、体当たりを喰らわせる。てっきり、さっきのように砕け散って無数の水滴になるのかと思ったのに、意外なことが起こった。顔にばしゃっと水がかかったと思ったとたん、全身が濡れた冷たいもので包まれ、柔らかく受け止められて、ふわっと宙に浮かんだような気がした。まるで、前触れなしにいきなり自分の重さがなくなったようだった。一瞬、何が起きたのかまったくわからなかったけれど、視界に映るものが、草の生い茂る地面から黒々とした林へ、樹上の梢へ、さらに満月の懸かった大空へと滑らかに移ろってゆくにつれて、自分の体がゆっくり回転していることに、アントンは徐々に気づいていった。

ええっ、ぼく、宙に浮かんで回転している……？　アントンは〈水の子〉のなかにすっぽりと入ってしまったのだ。さっきは〈水の子〉がアントンの姿になったのだけれど、今度はアントンの方が〈水の子〉の内部に吸いこまれ、〈水の子〉そっくりの真ん丸の形に体を丸め、ぐるぐる回りながら、水の被膜を透かして外の世界を眺めているのだった。

「ぼく、きみのなかに入っちゃった……」とアントンは囁いた。それに応えるように「うふふふ……」という笑い声が聞こえてきたが、それは今はアントン自身の体のなかから響いてくるようだった。

もう全然冷たくなかった。不思議なことに、息が苦しくもない。アントンの全身をくるみこんでいるものは水のようでもあり、水でないもののようでもある。不意にすうっと地面が遠ざかり、それにつれて体がぐるりと回って今度は空が見え、月に向かってどんどん上昇してゆくのがわかった。あ、ぼく、飛んでる……と思ったが、自分自身で力を出し飛んでいるわけでもないのに、興奮のせいか激しい労働でもしているように息が切れて、声を出すことができない。実際、アントンは空を飛んでいた。

4

さっき見上げていた大木の梢が、今は眼下に見える。あたりにみなぎる月光はまるで、一本一本が光り輝いている繊維でできた織り物のようだ。軽くて繊細なのに恐ろしく強《きょう》靭《じん》なその無数の繊維が、大気中に充満し、揺曳《ようえい》し、あたりを昼のように明るくしているのに、その一方、川沿いに続くこんもりした林はあくまで黒々として、重苦しく静まりかえっている。もっともっと高くなる……。今や川の流れは一条の光のリボンのようだった。上流にも下流にも、それはどこまでもどこまでも続いている。遠くに微細な光の粒が密集し、それがちらちらと絶え間なくまたたいている一帯が見えるのは、あれは数えきれないほどの人間たちが固まって住んでいるという、「繁華街」とやらなのだろうか。あ、そんな「繁華街」が、もっと遠くにもあるぞ。あっちにも一つ、こっちにも一つ……まだまだ、あるぞ……。世界は広いなあ。

体がゆっくり回転して、今度は真上を見上げる姿勢になった。真ん丸のお月さま……それがあんまり明るいから、雲一つない青天に無数の星々が出ているのに、星の光はすっかり霞んでしまっている。お月さまはきれいだなあ。

あれ、月が二つあるよ、何なんだいったい……。二つどころじゃない、三つ、四つ、十、二十……。それは月ではなくて、今アントンがそのなかにすっぽり嵌《は》まりこんでいるのと同じ、〈水の子〉たちなのだった。彼らはアントンの周りにゆらゆら浮游して、寄り集まったり離れたり、すうっと滑空したりいきなり静止したり、こんな空の高みで自由自在、勝手気ままな動きを楽しんでいる。ぼくみたいな動物をこんなふうに自分の内部に入れたまま飛び回っているやつも、あのなかには混じっているんだろうか。

「きみの言った『ぼくら』って、この〈子〉たちのことなんだね」とアントンは囁いてみた。〈水の子〉はしばらく黙っていて、それから、

「それだけじゃないよ」と囁き返した。

「へえ……」とアントンが言うと、

「ぼくらにはナマエはないんだ……ぼくらは、ひとりひとりじゃないから」と〈水の子〉は言い、またちょっと黙ってから、とても小さな声で、「きみだって、ぼくらのひとりな

んだよ」と付け加えた。

しかし、アントンは別の考えを追っていた。いつだか、早朝の川辺でぼくがじっと見つめていた露の玉――草の葉の先でふるふると揺れていたあのひとしずくの水の粒、あれもまた、ちっちゃなちっちゃな〈水の子〉だったんだ。ここに浮かんで鈴が鳴るような声で笑いさざめいているのが〈水の子〉たちだとしたら、あれは〈水の赤ちゃん〉だったんだ、生まれたばかりの……。あれ、でも、さっきこの〈子〉は、「ぼくらは生まれてくることもないし、死ぬこともない」と言ったなあ。「増えることもないし、減ることもない」とも。生まれてきたんじゃないとしたら、この〈子〉たちはいったいどこから来たんだろう。そうだ、それも質問したのだった。そうしたらこの〈子〉は、「どこからでもないよ」と答えたのだった。「ぼくらはどこにでもいる」と……。でも、「どこにでも」って、いったいどういうことさ。

不意に、他の〈水の子〉たちの姿が遠ざかりはじめた。降りてゆく……急降下だ……。アントンの体がまたくるりと回転し、今度は真正面に地面が見える。それは凄い勢いでどんどん近づいてくる。林がどんどん大きくなる、川もどんどん大きくなる、もう草むらしか、地面しか見えない……危ない、激突しちゃうぞ……。目を瞑って体をこわばらせたとたんに速度がゆるんだので、こわごわ目を開くと、アントンを自分のうちに包みこんだ

〈水の子〉は、地上すれすれのところでぴたりと静止しているのだった。ふたりは元の川原に戻ってきていた。ほっとしたアントンが、緊張して詰めていた息を吐き出す間もなく、〈水の子〉の声が聞こえてきた。

「ねえ、今度は、川のなかに入ろうよ」それは相変わらず、アントン自身の体の内側から伝わってくるかのようだ。

「え、そんな……駄目だよ。危ないよ」とアントンはぎょっとして言った。

「大丈夫だって」

「きみは大丈夫でも、ぼくは駄目だよ、溺れちゃうよ」

川のなかに入るなんて、とんでもないことだった。お母さんやお祖父さんが見守っているところでなら、ちょっとだけ水浴びをさせてくれることもあったけれど、アントンが独りっきりで川岸を越え、水に足をひたしかけているのに気づくと、お母さんは血相を変えて飛んでくる。台風で増水し流れが速くなった川のなかに魚を獲りに入って、勢いよく流れてきた流木で頭を打ち、そのまま溺れてしまったお父さんの話を、アントンは何度も何度も聞かされながら育ったのだ。

でも、〈水の子〉は、アントンの言葉がまったく耳に入らないかのように、どんどん川岸に近づいてゆく。岸を越えて水面のうえに出る。ふわふわ揺れながら、アントンは水の被膜越しに、穏やかに流れてゆく川の水面を見た。透きとおった水をまるまる通過して水底まで届く月光が浮かび上がらせている、川床に転がった大小の石や水の流れにそよいでいる藻の叢生《そうせい》のさまを見た。目を上げると両岸に広がる川原と小暗い木立ちが見え、さらに目を上げるとそのすべてを包みこんでいる広大な空間が、空が見え、その天頂に君臨するように輝く月が見えた。

〈水の子〉はゆっくりと下降し、水面に体の下端でそっと触れた。それから、いきなり水中にぐぐっと潜ってゆく。あ、怖い、と感じたのはほんの一瞬で、ひとたび水のなかに入ってしまうと恐怖はたちまち消えた。

距離を置いて遠くから見ているものは、怖い。でも、ひとたびそのただなかに入って、それにまみれてしまえば、もう怯えることも怖じ気づくこともない。アントンは水にまみれていた。でも、濡れているような感じがしないのは、いったいどういうわけだろう。水にまみれながらも、水のようでもあり水でないもののようでもある〈水の子〉の体がアントンをくるみこみ、護ってくれているからだろうか。月光の耀《かがよ》いを揺らめかせている水面を、さっきとは逆に、今度は水中から見上げるのは、何だか変な感じだった。川床に群生する水草がすぐ間近に迫り、不意に大小や遠近の感覚が混乱したアントンの目にそれは、木々の葉むらの隙間からまばゆい月光が射し、一木一草が濃い影を落としている、大きな森のように見える。心配することなんか何もない、どんな広大な森のなかをさまよっても、そこで迷子になることなんかないのだとアントンは思った。なぜって、そうだ、「ぼくらはどこにでもいる」からだ。そうに決まっているじゃないか。

ゆるやかに回りながら、転がりながら、アントンは川下に下っていった。かと思うと、突然方向が変わって流れに逆らい、押し寄せてくる水の勢いを正面から受け止め、噴き上がる大小の泡の間をすり抜けながら、身をくねらせるようにして川上をめざすのだった。

「うふふふ……」と鈴が鳴るような声で笑っているのは〈水の子〉のようでもありアントン自身のようでもあり、また、流れのままに浮かぶそれら無数の泡粒のぱちぱちはじけては消えてゆく音が、そんな可愛い笑い声のように聞こえるのかもしれなかった。

アントンはぐるぐる回転しつづけ、あっちこっち向きを変えながら泳ぎつづけ、その挙げ句、やがて何もかもが飽和しきったように感じて体中の力を抜き、流れに安らかに身を預けた。もう水のなかを浮遊しているのか、川の水面から離脱して先ほどのようにまたしても空中を飛んでいるのか、よくわからない。ただ、この流れに身を委ねていればそれでいいのだった。もしこれが水の流れでないならば、それはこの世の森羅万象を押し流してゆく時間の流れそのものなのかもしれない。いや、こんなふうに「流れること」それ自体が、この世の実体なのかもしれない。

その間も、皓々と明るい月光があたりを昼のように照らし出し、大気の粒子の一つ一つ、水の粒子の一つ一つを輝かせていた。川べりの草や、水底に沈む小石や、人間が捨てていった空き缶や、川面に張り出した樹木の太い枝や――地上の万象が黒々とした影を落とし、その影の濃さがまた翻って、アントンの体を囲繞《いにょう》するこの深夜とは思えないような不思議な明るさを、さらにいっそう引き立たせていた。アントンはまたうとうとと眠りかけているようだった。眠りの底に引きこまれながら、「きみだって、ぼくらのひとりなんだよ」という先ほどの〈水の子〉の言葉が蘇ってきた。そうだ、淋しいことなんか、何にもないんだ。光はどこにでもみなぎっていて、水はどこにでも流れていて、ぼくらはどこにでもいる……。

5

ずいぶん時間が経ったようだ。ふと気がつくと、目と言わず鼻と言わず口と言わず、アントンの顔中を撫で回している濡れた温かいものがある。何だ、何だ、いったい何なんだ……。それがお母さんの舌だとわかるのと同時に、「アントン、アントン、あたしの坊や……」という声が耳に入ってきた。

「お母さん……」そっと目を開けてみるが、眩しい光にくらくらして、すぐにまた閉じる。

もうすっかり夜が明けているのだった。じゃあ、ぼくはあの〈子〉と一晩中遊んでいたのだろうか。

「アントンったら……あんた、こんなところで……」

「お母さん、ごめんね。ぼく、怖い夢を見て、またおねしょしちゃったんだ」

「え……馬鹿ねえ、馬鹿な子ねえ、そんなこと、どうでもいいの」お母さんは泣いていて、同時に笑っていた。大きな安堵に満ちたその泣き笑いの声で、「どんなに心配したことか。お祖父ちゃんと手分けしてあっちこっち探したのよ。川の水にさらわれて、こんなところまで流されてきたのね」と言った。

ようやく目が明るさに慣れたアントンは少し頭を上げ、体を起こし、さらにちょこんと座り直して周りを見た。川の向こう岸に、三角屋根の天辺に十字架の付いた教会の建物が見えている。じゃあ、ここは〈犬の木〉のある小島よりもう少し下流の、川幅が少し広がって流れがゆるやかになるあたりだな。その川原の、水際ぎりぎりのヨシの茂みのなかに、アントンは意識を失って倒れていたらしい。えいと自分に気合いを掛け、立とうとした拍子にごほごほと咳きこみ、そのはずみに肺のなかに入っていたらしい水が口からぴゅっと出て、またへたりこむ。お母さんが背中をさすってくれる。

「あたしがいなくなったって、大騒ぎしていたんですって？　馬鹿ねえ。何だか寝つかれなかったから、ちょっと食べ物を探しに出ただけなのに」

そうかあ、そうだったのかあ。お母さんは別にあの牡アナグマのやつと逢《あ》っていたわけじゃあなかったんだ。ふと見上げると、朝空に大きな虹のアーチが懸かっている。美しい七色のプリズムがきらめいて、今しもそれを横切って数羽のスズメが飛び去っていった。やあ、あの〈子〉は今、あそこにいるんだな、あんなところまで昇って、今度はあんな形になって、いろんな色をきらめかせながら遊んでいるんだな、とアントンは思った。そこへ、あたふたとフォードル爺さんが駆けつけてきた。

「おお、アントン、おまえ、どこへ行って……。こいつ、心配させおって。案の定、うかうか川に入って溺れかけたんじゃろ。いいか、家を出るときはちゃんと、どこそこへ行くと断わってだな――」アントンはしかし、お祖父さんの言葉を遮って、

「ねえ、お祖父ちゃん、ぼく、わかったんだ」と急《せ》きこむように言った。「『キセキ』というのは、『この世界を超えたもの』のことじゃないんだよ」

「え、奇蹟……？」お祖父さんもお母さんもきょとんとした顔でアントンを見つめる。

「超える必要なんかないんだ。『キセキ』というのは、『この世界』そのもののことなんだから。それは、ときたま起こる特別な出来事なんかじゃないんだよ」興奮のあまりまたごほごほと咳きこんで、お母さんに背中を撫でさすってもらわなければならなかった。また

ちょっと水を吐いて、深呼吸しようとしたが息が続かない。

「アントン……」とお母さんが言いかけた。あんたって変な子ねえってまた言うのかな、だったら嫌だな、僕は大事なことを言っているんだからとアントンは思った。でもお母さんはそのまま口を噤み、今までアントンが一度も見たことのないような生真面目な表情を浮かべ、黙ってじっとアントンの顔を見つめている。

「ね、あの虹……」ようやく掠れ声が出るようになったアントンは、体を起こして二本の後足で立ち、片方の前足の先で、空の高みを指し示した。お母さんとお祖父さんもそちらを見上げる。「形を変えて、経《へ》めぐりつづけて、増えもしなければ、減りもしない。そういうことなんだ。ねえ、やっとわかったよ……。『この世界』それ自体が、『キセキ』なんだ。そのなかに、ぼくもお祖父ちゃんもお母さんもいる。『キセキ』のなかに、何もかもがあるんだよ」

緋色の塔の恐怖

1

——タミー師！

揺らめく蠟燭《ろうそく》の焰《ほのお》を凝視しつつ、深遠な数秘学の哲理に一心に思惟《しい》を凝らしていた錬金術師タミリウスの忘我の瞑想は、居室の扉越しに聞こえてきた切迫した囁き声によって破られた。深夜の急使の心は余程急《せ》いているのか、更に間も置かず、重い樫《かし》の扉がぎいと軋《きし》んで細く開き、その僅《わず》かな隙間から、

——急がれよ、タミー師！　女王陛下のご容態に異変が……。

と、ぴしりと鞭《むち》のように撓《しな》う鋭い声が居室の中に飛ぶ。数字や記号の乱舞する抽象世界からいきなり現実に引き戻されたタミリウスは、数瞬、茫然と瞬きを繰り返していたが、すぐさま気を取り直して四肢に緊張を走らせた。見れば、扉の隙間から覗く外の階段の踊り場の暗闇に、塔をこの頂上の小部屋まで駆け昇ってきた所為《せい》であろう、荒い呼吸を繰り返す僧院長の従者の熊鼠《くまねずみ》の、小さな軀《からだ》の輪郭が仄《ほの》かに浮かんでいる。微かに身を慄《ふる》わせ

ているやに見えるのは、この厳冬の凍りつくような寒気に由《よ》るものか。いやそれ許《ばか》りではあるまいとタミリウスは考えた。

——待て待て、今、身仕度をするのでな。

黄金色獲物回収犬《ゴールデン・レトリーバー》のタミリウスは鵞《が》ペンを置き、机の上に広げた書きかけの羊皮紙を其《そ》の儘《まま》に、暗然とした表情で立ち上がった。ついに来るべき時が来たか。星辰《せいしん》の運行を天窓越しに観測するために据えてある遠眼鏡台の脇を擦り抜け、簡素な寝台の上に広げてあった僧衣を取る。そして、菜種油を燃やす小さなランプが広げる薄い光を頼りに手早くそれを纏《まと》った。

異端の学にも邪宗の教義にも博《ひろ》く通暁《つうぎょう》し、誰にも口外せぬながら心密かに神の実在さえ疑わぬでもないタミリウスは、固《もと》より信仰篤き身ではない。しかし僧院長の、この僧院に滞在中は此処《ここ》での慣習に従い麻布を織ったこの暗灰色の僧衣を纏うようにという要請を、敢《あ》えて拒む理由もなかった。タミリウスは最後に頭巾を被り、その隙間から耳を出して顔の両側に垂らし（タミリウスの大きな耳は頭巾の中に畳まれると聊《いささ》か窮屈なのであった）、そこに密生する黄金色《ブロンド》の毛並みを軽く撫でつけると、居室の外に一歩足を踏み出した。

それを待ちかねるように、顔を強張《こわば》らせた僧院長の従者がずいと寄ってくる。タミリウスのそれと揃いの僧衣を着たその熊鼠に、眉目温厚《びもくおんこう》の錬金術師は、聞く者の心を鎮静する

いつもの深々とした声で、

――如何《いかが》した？　女王陛下のお身の上に何かあったか？

と、尋ねた。すると、従者は唾《つば》を呑み唾を呑みしながら、

――容態が急変し、大変な……。それは大変な……お苦しみのご様子……。頻《しき》りとタミー師を……朦朧とした意識の中で……タミー師のお名前を……。

と、動転のあまりしどろもどろの答えを返す。タミリウスは宮廷の貴《たっと》き面々からのみならずこの従者のような下々《しもじも》の者たちからも、「タミー師」の尊称もしくは愛称で親しまれていた。そこに畏敬の念が籠《こ》められているのは言うまでもないが、「タミー」なる簡略辞に漂う少々の滑稽感は、雅を愛し淫を悪《にく》むタミリウスの寛闊《かんかつ》な知性を思慕する下賤の者たちの心安立ての友情の表現でもあった。然《しか》し、今この従者の発する「タミー師」の呼びかけには、そうした余裕ある諧謔《かいぎゃく》の響きなど微塵もなく、ただ女王の容態と王国の命運への深い憂虞《ゆうぐ》が滲むばかりだ。

従者の伝言を聞くや、顔色を変えたタミリウスは彼を置き去りにし、後を振り返りもせず颶風《ぐふう》に似た迅《はや》さで塔の階段を駆け下った。地上階に降り立ってもとどまることなく其の儘廊下から廊下へと疾駆し、主塔を駆け上がり、この僧院の最も広い寝室に飛び込んだ。

そして、寝台の枕元にひたと身を寄せ、嗟嘆《さたん》も慷慨《こうがい》も押し隠そうと努めつつ、

——陛下！　お気を確かに！

と、優しく囁いた。その声を聞くと、悲鳴に似た息遣いを繰り返し、丸で嫌々でもするように引っ切り無しに首を振っていた女王エリザベッタの動きが、はたと止まった。固く瞑《つむ》っていた目を薄く開け、

——おお、タミー師か……。何とかしてくれや、わたしの胸にずしりと圧《の》し掛かるこの忌《いま》わしい邪悪なものを……。

と、あえかな声で息絶え絶えに言い、同時にその瞳から涙が溢れ出す。

——陛下、何と、お労《いたわ》しや……。

それ以外口にすべき言葉も知らぬまま、此方《こちら》も亦《また》目に涙を一杯に溜めたタミリウスはただ女王の美しい真っ黒の両耳をそっと撫でさするばかり。エリザベッタは黒白の斑が絶妙に調和した気品溢れる阿蘭陀兎《ダッチ・ウサギ》であるが、一週間前この僧院を訪れた直後、妖しい病魔に取り憑かれ、以来高熱を発し寝台に伏したまま日に日に衰弱の一途を辿っていた。王国の民草の誰からも敬慕される彼女の高雅な美貌は傷ましく窶《やつ》れ、この一週間で一挙に十歳も老け込んだかのようである。

タミリウスは軀を起こし、涙を拭いつつ悄然と立って、寝台の足元に沈痛な面持ちで控える大小二頭の動物の方へ問いかけるような視線を投げた。

僧院長チッチリオ・ベネディクトゥスは体長五寸程の小軀ながら威風凜然《いふうりんぜん》とした白鼠《ホワイト・ラット》であった。長い歴史を持つこの動物僧院の第二十四代の長《ちょう》として、小は二十日鼠から洗い熊、狐、家鴨《あひる》、兎、新西蘭青企鵝《ニュージーランド・ブルーペンギン》等を経て、大は独逸牧羊犬《ジャーマン・シェパード》まで、国際色豊かな八十八匹に及ぶ動物修道僧たちの頂点に立って君臨し、僧院の運営に辣腕《らつわん》を揮《ふる》っている。一時荒れかけていた附設の葡萄園《ぶどうえん》に整備の手を入れ、その収穫から佳酒を醸《かも》して王都に運び売り捌《さば》くという事業を考案し成功に導いて、逼迫《ひっぱく》しかけていた僧院の財政を立て直したのはこの一介の小鼠にほかならない。その俊敏な才覚によって聞えるチッチリオは、同時にまた、過誤を犯した者を容赦なく或《あるい》は処罰し或は追放するその苛烈と厳霜によって、敬われるよりはむしろ畏《おそ》れられている気骨稜々《きこつりょうりょう》の長《おさ》でもあった。

——陛下があまりに執するので、そなたを呼びに遣《や》ったのだ。

と、チッチリオは稍《やや》不満そうに呟いた。

——が、言っておくが、余はどうしても気が進まぬ。本僧院の図書室《ビブリオテーカ》所蔵の書物を調査したいというそなたの大それた望みを叶え、期限付きでの滞在を許しはしたが、余はそなたの神をも畏れぬ異端の学究の赴くところに不信の念を拭い去れない。言わせてもらえば、錬金術師と如何様師《いかさまし》とを分つ境界線は余の目には定かには映らぬのだ。そなたのような妖僧の駆使する得体の知れぬ術を、貴き陛下のお軀に施すなどということは……。

――これは亦、お言葉が過ぎますぞ、チッチリオ殿。

と、口を挟んだのは、そこに控えるもう一頭の動物、女王が病に倒れたとの知らせで、急遽王宮から駿馬に乗って駆けつけた穴熊《ヨーロピアン・バジャー》の宮廷医伯フョードル・ミハイロヴィチであった。

――お聞きくだされ、タミリウス殿。ここ数日、畏れながら僧院長殿以下本僧院の修道僧全員の必死の祈禱によっても、亦不肖わたくしの全智を傾けた渾身の医療によっても、陛下のご病状に改善の兆しはありませぬ。してみれば、もはや〈金色の大耳の賢者〉ことタミリウス殿の博学才穎《はくがくさいえい》にお縋《すが》りするほかはありますまい。

フョードルの目にも涙が溢れていた。かの斯拉夫《スラヴ》文明の所有する底知れぬ医智の蘊奥《うんおう》を悉《ことごと》く我がものとしているこの鬱勃《うつぼつ》たる老大家は、女王エリザベッタに対して格別の愛慕の情を抱いており、それには理由があった。かつて異国の王室に皇族の侍医として仕えていたフョードルは、些細な誤解がきっかけで天子の不興を買い、追放されて漂浪の身となった。諸国行脚の途上は放浪の老詩人として、記憶に蓄えた博大な詞章の富を自在に駆使し、街道の辻々で詩歌を朗誦しては僅かな布施を得、かつかつ口を糊していたのだが、ひょんなことから寛仁の心深きエリザベッタに拾われその寵《ちょう》を得て、医伯として高給で宮廷に召し抱えられる身となったのである。

——連日の高熱で陛下のお軀は弱りきっておりまする。王都へご搬送しようと何度も試みたが、なぜかお軀がこの僧院から離れかけるやご病勢が一挙に増悪《ぞうあく》するのです。やはりこの僧院内部に漲《みなぎ》る信仰の力の加護を受けておられるのか……。然しその加護もついに効能を失したか、先程来、この見るに忍びぬご苦悶が始まり……。いや、今度こそ女王陛下には、生きて夜明けの光を見ることが叶わぬやもしれぬ。タミリウス殿、いやタミー師、何とか手立てはござらぬか。

声涙倶《とも》に下らん許《ばか》りのそのフョードルの切々とした懇請にタミリウスは答えず、沈痛な表情を強張らせたまま窓辺に歩み寄り、外の暗闇に瞳を凝らした。長い沈黙の後、独り言のように、

——あの緋色《ひいろ》は、ますます鮮烈さを増してゆくような……。

その低い呟きが耳に入るや、チッチリオは激昂して、

——何をそんなことを、この火急の時に！　そなたに何が可能かと訊いておるのだ、女王陛下のご病状に対して……。

——まさに、そのご病状の話をしているのです。

と、タミリウスは静かに答えた。

——その悪化と、あのあやかしの塔の緋色の増大は比例しています。事の根源はやはり

あの塔にあると拙者《せっしゃ》は思う。

その言葉に僧院長と医師は口を噤《つぐ》み、一時《いっとき》重苦しい静寂が部屋に下りた。そうかも知れない、いやそうに違いないと、実は二頭とも内心薄々感じていたからであろう。

2

川辺に建つこの僧院の斜め対岸に、禍々《まがまが》しい緋色に彩られた無気味極まる塔が忽然と出現したのは、数週間程前であった。紅い石か煉瓦を積んで作られた、地上百尺もの高さにそそり立つ巨大な石の円筒が、或る夜気がつくといきなり其処《そこ》に在《あ》ったのだ。それだけでもこの現象が怪異幻妖《かいいげんよう》の範疇に属することは明らかだが、加えて、この塔は夜の間しか目に視《み》えず、昼間行ってみれば其処には建造物の残滓《ざんし》すらなく、只《ただ》変哲もない草原が広がる許りなのである。

陽が落ちると倶に塔は薄《うっす》らとその相貌を現し、宵闇が濃くなるにつれそれは丸で現実の塔としか思われぬ生々《なまなま》しさを帯びる。そして、暁光が射し始めるや徐々に透明化し、霧が晴れるように消えてゆく。では、闇の中に聳《そび》え立っている時のそれは堅固な実在なのか、それともあやかしの蜃気楼にすぎないのか。

それを現地で確かめようと、或る夜更け、修道僧の中でもとりわけ勇猛な者が二匹、川に舟を出して調べに行こうとしたことがある。流れの中央あたりまで来た処で、舟は何か目に視えない護謨《ゴム》の皮膜のようなものに押し戻され、僧たちがどう頑張って櫓《オール》を漕ごうとそれ以上対岸に接近することは出来なかったという。のみならず、二匹は急に気分が悪くなり得体の知れない吐気と頭痛に耐えられなくなって、結局すごすごと引き返さざるをえなかったという。

以来、殊更《ことさら》害を為すわけでもないので、気味が悪いには悪いが差当り様子を見ようという判断で、「見て見ぬ振り」のような及び腰の状態が続いているのだった。但《ただ》し、王国全体に関わる大事となる可能性もあるという懸念から、一応この怪異を王宮に報告することだけはしておいた。と、思いがけないことに突然の女王行幸の沙汰があり、間を置かず、妖異の塔を自身の目で目撃したいと望んだ女王御自らが、ほんの数名の随行員のみ従えて僧院を来訪したのであった。

実はこの急の女王来駕《らいが》にはいま一つ密かな目的があった。エリザベッタは旧友タミリウスと久闊《きゅうかつ》を叙することを楽しみにしていたのである。まだ無邪気な王女であった若き日、エリザベッタは西班牙《スペイン》の沙羅萬華《サラマンカ》大学神学部に留学していたことがあり、やはりそこで勉学に励んでいた若きタミリウスと教室で出会い、互いの知性に対する尊敬が生まれ、終生の深い友情の絆で結ばれることになったのだ。

双方倶に忙しい身の上となってからはそう何度も会うことは叶わず、実際ふたりが前回会ったのも、研究のため遥か遠《と》つ国にいたタミリウスが、エリザベッタの女王即位式に駆けつけそれに列席した時だから、もう随分以前のことになる。傲世逸俗《ごうせいいつぞく》と言う程ではないものの、学智の深淵へ沈潜するにつれ世俗の社交を厭《いと》う気持が強まっていったタミリウスは、華やかな宮廷に身を置くのが気詰まりで、以来エリザベッタとの間に自ずと距離が生まれることになった。それでも、共有された青春の日々の懐かしい思い出の数々を鎹《かすがい》として結ばれた友情は、ふたりの心から薄れることはなく、思いがけずこの辺境の僧院で再会できることを知った時、ふたりは倶に心から喜んだのである。

再会の歓喜は長くは続かなかった。到着のまさにその晩、質素な夕餉のさなか、エリザベッタは口に入れかけた人参の欠片《かけら》を吐き出すや、うっと胸を押さえて倒れたからである。病臥した女王に付き添って看護したいというタミリウスの切願は、錬金術師を疎《うと》んずるチッチリオによって斥《しりぞ》けられた。此処では一介の滞在客にすぎないタミリウスに、僧院長の絶対権力に抗する術《すべ》はなく、かくして、金色の大耳を垂らした錬金術師は、深夜の急使が待望の伝言をもたらしたこの晩まで、懐かしい学友たる美貌の阿蘭陀兎の身の上を居ても立っても居られぬような思いで案じつつ、然し自らに強いて数秘術の観想に閉じ籠もり、日々昂じる憂患と疑懼《ぎく》を抽象思弁によって何とか紛らわせていたのであった。

──病の真因を除かぬかぎり、女王陛下のこのご苦悶は収まりますまい。

硝子《がらす》窓の外に視線を投げていたタミリウスは、そう呟いて、くるりと振り返った。そして、僧院長チッチリオと医伯フョードル──憔悴の色の濃い大小二頭の動物の瞳を順繰りにじっと覗き込み、

──フョードル殿のここ数日の、獅子奮迅《ししふんじん》の献身的医療が奏効しなかった以上、もはや拙者は、陛下のお軀それ自体に、如何なる薬草も湿布も煎じ薬も試そうとは思いませぬ。それより、今こそあの緋色の塔と対決しなければなりますまい。

と、声低く、然しきっぱりと言い切った。タミリウスの目に漲る燃えるような気迫に気圧されながら、チッチリオは、先程自ら「如何様師」「妖僧」とまで罵《ののし》ったこの錬金術師に、今やすべてを託すしかないと観念せざるをえなかった。

小半時も経たぬ内、川面に浮かぶ小舟の上にタミリウスの孤影があった。

──ううむ、何と面妖怪奇な……。

改めて見れば見るほど、対岸にそそり立つ塔は異様であった。青天に月有り──と盛唐の詩人が謳ったような良夜である。が、その皓々《こうこう》と照る月光に浮かび上がったかの塔壁の緋色は、世の建築物に見られる尋常一様の赤さ、たとえば夕陽に照り映えた花崗岩《かこうがん》の壁が湛《たた》える赤味などとは全く異質なもので、敢えて譬《たと》えれば、血の色、焰《ほのお》の色に似ている。い

や、血とも焔ともむろん異なるけれども、血や焔の孕《はら》む猛々しい暴力を直ちに感覚せざるをえない、見る者の肝胆を寒からしめる妖気漂う緋色なのだ。然《しか》も、その緋色は日一日と明らかにその濃さ、鮮烈さを増しつつある。

と、視えない壁に押し戻されたように、不意に舟が大きく揺れ、斜めになって停止した。これだな、とタミリウスは思い、次に何が起こるかと身構えた。もともとこの辺りは生き物の姿の殆ど無い空々寂々たる荒蕪《こうぶ》の辺境で、僧院の立地たるに相応《ふさわ》しい漠とした神異の気を漂揺《ひょうよう》させている土地柄ではあった。然し、今タミリウスと彼を乗せる小舟を四方から包み込むように迫ってきたのは、そんな茫洋とした森厳の気配などとは根本的に質を異にする、凶変を予感させる徒《ただ》ならぬ超自然の妖気であった。実際、気がつくと、いかなる邪教の秘儀によるものか、蛮烟瘴霧《ばんえんしょうむ》とも形容すべききな臭い靄《もや》が何時の間《の》にかあたりに立ち籠め、それを透かして見る緋色の塔は、ぐんぐん巨大化し、こちらに圧し掛かってくるようでもある。同時に、恐ろしい眩暈《めまい》と頭痛がタミリウスを襲った。

——何と、一体これは……。

何とも知れぬ不快感が軀の底から込み上げ、タミリウスは思わず舟縁《ふなべり》から身を乗り出して、二度、三度と嘔吐した。それから舳先を転じて僧院の側の岸に戻っていった。錬金術師は手を束ねてあっさり退散したのであろうか。いや、激しい嘔吐の所為《せい》で蒼ざめきった彼の顔の口元に、意外にも快男児の不敵な笑みが浮かんでいはしまいか。岸にはチッチリオとフォードルをはじめ、真夜中にも拘わらず多くの動物修道僧たちが詰め掛けてタミリウスの帰還を待ち受けていた。タミリウスが舟を杭に舫《もや》うのも待たず、チッチリオが、

——如何した、錬金術師、尻尾を巻いて忽《たちま》ち逃げ帰ってきたか！

と、苛立ちを露にした甲高い声で叫んだ。

——尻尾を巻いてとは、これは異なことを、僧院長殿。

悠揚迫らざる物腰で舟を降りたタミリウスは、皆の方へ向き直り、落ち着き払って答えた。

——拙者の尻尾は、これこの通り……。

実際、タミリウスのふさふさとした尻尾は見事に跳ね上がって元気良く左右に振られており、燦々《さんさん》と降り注ぐ月光がその黄金色の毛並みを美しく煌《きら》めかせている。

——まあ、お待ちなされ。拙者には聊《いささ》かの勝算がありまする。これ、従者……。

先程タミリウスの居室に伝言を届けたあの熊鼠が、頭《ず》を低くして恐る恐る進み出た。

——申しつけておいたものを、これへ……。

従者が差し出したのは、様々な金属片を組み合わせた箱様のものの上に彎曲《わんきょく》した細い竹を立てた、摩訶不思議な機械《マシン》である。目を丸くして見守る僧たちの前で、タミリウスは

その竹を強く撓《しな》わせると、紐のようなものを竹の両端に結んでぴんと張り詰めた状態にした。

——これは羊の腸を乾燥させたものです。さらに、これ、従者……。

促されて従者が差し出した二尺程の長さの棒を受け取り、ひゅんひゅんと二、三度宙に振った。

——こちらの弓には馬の尾毛を張ってあります。さて……。

タミリウスはその不思議な機械《マシン》を台の上に据え、その台を川岸の水際ぎりぎりに置かせた。そして、機械《マシン》に付いた幾つかの釦《ボタン》を押し取っ手《レバー》を上げ下げし素早く何かの調節を行なった。ブーンという低い唸りを立て始めた機械《マシン》から、たじたじとなった観衆が思わず後退《あとじさ》る。

——そう、それが宜しい。少し離れていてくだされ。多分、心の直《す》ぐなる動物には何も害を為さぬはずだが……。

3

タミリウスは機械《マシン》を前にし、暫く瞑目して気持を整え注意力を集中した。それから、一同が固唾を呑んで見守る中、手にした弓を機械《マシン》の弦に軽く当て、擦《こす》り付けつつ静かに引いていった。引き切ると今度は押してゆく。手首をひらりひらりと返しつつまた引いてゆく。また押してゆく。何と、〈金色の大耳の賢者〉はこの異形の楽器で音楽を奏ではじめたのであった。然し、何と不可思議な音楽であろう！　と言うのも、それは耳に聴こえない音楽だったからである。

チッチリオがずいと進み出て、顔を歪めてタミリウスに詰め寄ろうとした。恐らく「何も起こらぬではないか」などと言って難じようとしたのであろう。が、それを口にするよりも早くフョードルがチッチリオの肩を押さえて制止した。白鼠は穴熊の手を振り払い、穴熊に向かって憤然と何かを言おうとした、丁度その時……ふとチッチリオの表情が緩み、その顔に恍惚とした悦びの影が射した。それは、その場に集うあらゆる者たちの身に同時に起こった奇現象でもあった。

この心地良さは一体何なのか……。耳には何も聴こえない。然し心は確かに何かを聴いているようだ。日頃の屈託が夢のように蕩《とろ》けて消え、愉しかった子供の頃の思い出が次々に頭を過《よぎ》る……。

――尊師、これは一体……？

と、フョードルが思わず声を掛けたが、タミリウスはそれには答えず、瞑目したまま軀を左右に揺すり、両耳をぶるんぶるんと振り乱し、精妙な震える手つきで、竹に張った弦を一心に擦《こす》り続けている。

その妖しい「演奏」が続いたのは現実には十数分程であろうか。然し、タミリウスが手を止めて目を見開いた時、同時に夢から醒めたように目をぱちくりさせているその場の皆にとって、その「聴こえない音楽」は、時間の経過という概念自体の消滅した羽化登仙《うかとうせん》の体験であった。タミリウスは狐に抓《つま》まれたような顔をしているフョードルに向かい、

——これは超音波発生機とでも申すもの。随分昔、手慰みに為してみたささやかな発明だが、今回、ひょんなことで役立ち申したな。

と、静かに言った。

——超音波……?

——我々の聴覚では捉えられないが然し、心身に影響を与えはする、そうした神秘の音響です。

——嗚呼《ああ》……。

——無論、その影響には良いものもあり悪いものもある。その良否を統御するには、数多《あまた》の波長の超音波によって綾なされる拍と旋律の複雑玄妙な組合せに、然るべき調律を施さねばならぬ。只今拙者が奏でたのは、数秘術の奥義に基づき拙者が苦心を重ねて作った曲。ここ数日、実は拙者は寝食を忘れてこの作曲に専心していたのです。ほら、ご覧な

され。

タミリウスの手の一振りに従って皆は川面に視線を投げ、そして喫驚《きっきょう》した。「聴こえない音楽」のもたらす恍然忘我に浸っていた暫《しば》しの間、川面で起きていることはすっかり意識の外にあったのだが、今見れば、先程まで立ち籠めていた蛮烟瘴霧はきれいに晴れ、それと倶に禍々しい妖異の気も跡形もなく吹き飛んで、今や月光をきらきらかに照り映えさせつつ滔々と静かに流れてゆく川の水景は、何の変哲もない日常の夜景としか思われない。尤《もっと》も、対岸に依然としてあの緋色の塔は在る。が、その緋色が大分薄れたように見えるのは、気の所為であろうか。

――拙者は女王陛下を、陛下が闊達に笑う気さくな少女であった頃から良く存じ上げている。エリーズの、――いや失礼、陛下の、生来備えて居られる驚嘆すべき異能は、聴覚の鋭さです。エリーズは、――フフッ、僭越ながらやはりかつての愛称で呼ばせていただきましょうか、今夜だけの拙者の我が儘と思し召せ――エリーズは、半哩《マイル》先で木から落ちた一枚の葉がかさと地面に触れる音さえ聞き取れるぞ、善哉《ブラーヴァ》！　などと、同級の鈍重な劣等生であった我々は、感嘆し囃《はや》し立てたものです。往時、拙者が何かに苛立ってついつい咽喉から低い唸り声が洩れてしまうような時、エリーズは、「止めて頂戴、タミー君。わたし、そういう『音』を聞くと頭痛がするの」などと、朗らかに笑って窘《たしな》めてくれたものだ……。

タミリウスは一瞬、莞爾《かんじ》としながら遠くを見る目をした。

——ですから、今回のご病状は、エリーズの聴覚への攻撃ではないかと拙者は推論したのです。恐らく、あの塔から何か剣呑な低周波が投射されていたのでしょう。我々鈍感な動物風情には何の影響もないが、エリーズのような繊細な感官を備えた者には耐え難いといった、邪悪な音波による攻撃です。然し、今拙者が行なった超音波治療によって、低周波は中和され、攻撃は無力化されたはず。チッチリオ殿、早速寝室に使いをやってみなされ。今やエリーズの苦しみは消えたか、そうでなくても余程低減しているはず。

皆の顔に一挙に喜色が浮かんだ。

——では、これにて一件落着……。

と、チッチリオが安堵の表情で言いかけたが、タミリウスは難しい顔でそれを遮った。

——いや、そうは行かぬ。ご覧の通り、塔はまだ消えておらぬゆえ。

確かにそうだった。一同の表情が又粛然と引き締まった。

——拙者の為した反撃に対する反応があるはず。待ちましょう。いや、長く待つまでもありますまい。今度こそ、敵はその正体を現しますぞ。

一同は待った。タミリウスの言った通りだった。数分経つか経たぬかの内に、その変化は始まった。塔が地響きを立ててゆらゆら震動し始めたかと思うと、一旦薄れていたその壁面の緋色が再度、刻一刻と濃くなってゆき、それと倶にタミリウス達の立つ此岸の地面までもが無気味な地鳴りと倶に揺れ始めた。

――こ、これは……。

一同はおたおたと周囲を見回し、互いの顔を見つめ合い、やがてその視線はタミリウスの顔に集まった。が、対岸の塔を沈鬱に凝視する犬の錬金術師の横顔は微動だにしない。

暫しの後、彼は、

――さ、鬼が出るか蛇が出るか……。

と、低い声で呟いた。然り、確かに、何ものかが現れ出ようとしていた。鬼か蛇か……。川の流れが不意に静止した。いや、逆流し始めているようにも見える。いや、そうでもない、渦を巻いているのだ。此岸と対岸の丁度真ん中あたり、一点を中心として巻き始めた渦が、次第に拡大し、速くなり、川幅ほどにもなり、と、やがてそれは最初の一点へ向かって再び縮小し、凝集してゆく。恐ろしい勢いで渦を巻く川水の飛沫《しぶき》に、月光が当たって散って、無数の小魚の銀鱗が躍っているように見える。大地はぐらぐら震えつづけ、僧たちの中には平衡を失って思わず地面に手をつく者も居る。

渦の中心をなすその川面の一点に、何やら黒々とした丸いものが水中からぬうっと出現し始めた。ぬめぬめした黒光りを放つその禍々しいものは、周囲にざあっと水を撒き散らしながら、どんどん虚空へその途方もない図体を持ち上げてゆく。二十尺、三十尺……いや四十尺もの高さになろうか。然し、そいつの下半身はまだ水中に没していて、体長全体がどれ程になるかは想像するのも恐ろしい。

穹窿《ドーム》のようなその天辺部分がそいつの頭だとするなら、その真ん中に、今まさに水平に開いてゆく異形の裂け目……口だ、それは巨大な口なのだ。そいつはくわっと口を開け、生臭い息を風のように吹きつけながら、タミリウスたちの鼓膜がびんびん震えて頭痛がする程の大音声で、

——吾輩こそは緋色の塔の主なり！

と、呼ばわった。同時に、頭部の左右に離れて付いた緑色の二つの眼がぴかりと光る。口のすぐ上、左右の両脇からそれぞれ一本ずつ、強靭な鞭のような髭が長く伸び、ぴしりぴしりと宙を切り又水面を叩いている。

鯰《なまず》であった——横幅十五尺もの頭部と長さ六十尺だか八十尺だかの図体を持つ鯰が、この世に居るとしての話だが……。その化け物鯰が二本の髭を振り回しつつ激しく軀を震動させると、丁度それに共振して大地が揺れる。僧たちの大半はもう揺れる大地に足を踏み締めて居られず、或はしゃがみ込み或は地面に這いつくばっている。が、タミリウスは怪

物の正面にしっかと立ちはだかり、燃えるような瞳で小山の如き鯰の顔を睨み据えている。

そして、

——ついに現れたな、化け物！

と、叫んだ。

——タミリウス！　曲学阿世の似非《えせ》学者！　その猪口才《ちょこざい》な仕掛けで、吾輩の念波を霧散させたか！

——おお、そうとも。女王陛下はご健在だぞ。

——うぬ……。しゃらくさい小虫めが。仁政徳治の誉れ高いエリザベッタを亡き者とすれば、忽ち世は麻の如く乱れ、王国の瓦解は必定と見て、差当って貴様らの首を獲るまでもあるまいと自重したのだ。然し、事此処に至ればもう遠慮も会釈もせぬわ。まずは貴様のその妙な機械《マシン》を叩き壊してくれる……。

鯰の髭がぴしりと撓って、タミリウスの超音波発生機めがけて飛んだ。髭と言っても直径二寸もある鋼鉄の索に似たもので、それが猛烈な速さで飛来してくるのだから、ほんの僅かでも触れればその重い一撃で機械《マシン》は忽ち破壊されてしまうだろう。が、タミリウスもさるもの、自らの愛機を抱えたまま、驚異の反射神経でひらりと横っ跳びに逃げ、凶悪な毒蛇のように飛びかかって来るその髭の攻撃を辛うじて躱《かわ》す。と、それを見透かしたようにもう片方の髭が、タミリウスの着地した地点に突進してくる。錬金術師は、おっとっと、と剽軽《ひょうきん》な歎声《たんせい》を上げる余裕を見せながらそれもぎりぎり髪の毛一筋残して躱し、背後に跳びすさる。

——ええい、厄介な……。おい、従者、これを持っていろ。しっかり護っているのだぞ。

タミリウスは僧院長の従者めがけて、そらよっ、と機械《マシン》を投げつけた。従者の熊鼠がそれをしっかと受け取ったのを確認するや、その時初めてタミリウスは頭巾を脱ぎ、金色の毛並みが輝く高邁奇偉《こうまいきい》の容貌のすべてを露にした。その口は無造作に大きく裂け、涼やかな快男児の笑みを浮かべている。タミリウスは振り回される二本の髭の動きを注意深く見つめ、気合一喝、助走をつけて大きく跳躍し、そのうちの一本をはっしと摑んでぶら下がった。

4

巨大鯰は髭を上下左右に激しく打ち振り、何とかタミリウスを払い落とそうとする。タミリウスは両前足の肉球の間に髭をしっかりと把持《はじ》し、ぶうら、ぶうらと宙を大きく振り回されてもじっと耐え、決して放そうとしない。それどころか、髭の根元に向かってじりじりと身を進め、やがて怪物の顔の間近まで辿り着いた。怪物は何度も何度もくわっと口を開けてはぐわっしと閉め、上顎と下顎がぶつかるそのすさまじい音に岸辺で茫然と見守る僧たちの背筋は凍りついた。鋭く尖った歯を無数に生やしたその口に咥《くわ》えられたら如何な超犬タミリウスと雖《いえど》も一溜まりもあるまいが、称えるべし超犬の巧智《こうち》、顔の真横に伸びた己自身の髭にしがみつかれては、獲物を口まで運ぶのは却って難儀で、怪物の恐ろしい顎は宙を切り、ぐわっし、ぐわっしと空しく空気のみを嚙む音を響かせるほかはない。

とうとう髭の根元まで至り着いたタミリウスは、憤怒のほむらをめらめらと燃やす怪物の目玉をしっかと見据え、

——喰らえ！

と、ひと声バウッと吠えるや、その太い索のような髭にぱくりと喰いつき、鋭い犬歯を思い切り突き立てた。巨大鯰の苦痛の呻きが轟《とどろ》き渡る。タミリウスの全身全霊の一撃によって鯰の髭はめりめりと裂け、ぽっきり折れて、タミリウスともども水面に落下した。一旦水中に没した超犬はすぐに浮かび上がり、長く尾を引く鯰の呻きを尻目に、勇壮果敢な犬掻きで岸辺へ泳ぎ戻る。

急所の髭を片方失ったのが大きな痛手だったのに違いなく、巨大鯰の動きは明らかに鈍くなっていた。

——小虫めが！　小虫めが！

という叫び声を上げつづけているものの、それも心なしか空元気の恫喝といった気配がなくもなく、残ったもう一本の髭の動きも、それまで失われるのを恐れてか、先程までの威勢良さと比べて何かおっかなびっくりになり、タミリウスの間近までは伸びてこない。

時こそ良しと見たタミリウスは従者に合図し、復《また》超音波発生機と専用弓を持って来させた。円形目盛り板《ダイヤル》を素早く回転させ、

――行くぞ、最大出力だ！

と、叫ぶや、弓を縦横に振るって此処を先途と掻き鳴らす。その効果は速やかに現れた。鯰の眼から徐々に光が失われ、残った髭も力なく揺れていたかと思うと最後にはだらりとだらしなく垂れ下がった。鯰の動きは急速に鈍くなり、やがてその巨体はざんぶりと水に落ちて其の儘動かなくなった。

ぴくりともしなくなった怪物の軀が川波に揺すぶられ、ゆらりゆらりと運ばれて、岸にどさりと打ち上げられた。最初は遠巻きにしていた一同も、やがて恐る恐る、その異臭漂うぬめぬめした化け物の死骸に近寄っていった。何と、まさに小山のような巨体……と、一同が見上げていたのは然し、ほんの一瞬のことでしかなかった。薄気味の悪いことに、不意にその化け物の巨軀の輪郭がぼやけ出した。と、化け物鯰は見る見るうちに縮まっていき、馬程の大きさになり、犬程の大きさになり、やがてそれは呆気なく雲散霧消してし

まった。……いや、よくよく見れば完全に消失してしまったわけではない、川べりの砂地にぽつんと一つ、何か小さな灰色の毛皮の塊が残っているではないか。

タミリウスはそれに駆け寄って、暫しふんふんとにおいを嗅いでいたかと思うと、それに向かって、

――しっかりしろ、おい、しっかりするんだ。

と、励ますように語りかけながら、それをぺろぺろと舐め始めた。おっかなびっくり近づいてきたチッチリオが、

――おお、これは……。

と、眼を丸くして呟いた。そこに横たわっているのは、一匹の、何の変哲もない溝鼠《どぶねずみ》だったのである。溝鼠の死骸……いや、死んではいない。タミリウスの温かな大きな舌で舐められつづける内に、それはぴくっ、ぴくぴくっと四肢を痙攣させ、やがてごほごほと咳込んで大量の水を吐き出した。そして、薄目を開き、

――ウーム……。

という微かな呻きを洩らした。

――グレナルディーノ殿、気づかれましたか。

と、タミリウスが言った。

——おお……タミリウス殿ではないか……。拙者は……拙者は一体……。

——貴公は異類異形の魔物に取り憑かれていたのです。緋色の塔の主などと名乗る物《もの》の怪《け》が、貴公の意識と身体を占領し、貴公を化け物の姿に変え、然し貴公の比類なき胆力を其の儘利用しつつ、この世の顚覆《てんぷく》を企てたのです。が、ご安心召され、グレン師。怨敵は退散し申した。貴公は単に髭を一本、失われただけで、元の姿に戻りましたぞ。

タミリウスはそう言って呵々《かか》と笑った。「グレン師」の通称で斯界にその名を轟かせる溝鼠グレナルディーノ——これも亦タミリウスと同じく孤高の学者で、世界の究極の真理を解明すべく、〈賢者の石〉を探求して、世界各地を放浪し研鑽を重ね思惟を深める大智の者であった。ふたりは友人同士と言えるほど親しいわけではないものの互いの業績を尊敬し合っており、何度か会って歓談したこともある。嘗《かつ》てタミリウスが北欧の峡湾《フィヨルド》の地層の調査のために舟を雇い沿岸伝いに航行していた時、同じ目的で来ていたグレナルディーノと海上でばったり遭遇したのは懐かしい思い出である。あの時は互いの舟をぴったり寄せ合い、降りしきる雪をものともせず、骨まで沁み入るような寒気に凍えながら、それぞれの舟の船頭が呆れ返ってしまいにはじりじりし始めるのを尻目に、舟縁越しに一時《いっとき》愉しく地質学と気象学の専門的議論に耽ったものであった。

——何と……。

グレナルディーノは上半身を起こしかけ、然したちまた頭を抱え、気息奄々《きそくえんえん》の体《てい》で地面に倒れ伏した。

――うう、この頭痛……。

――暫しの間、静かに横になって居なされ。

――ううむ……。拙者は従者も伴わず、独り驢馬《ろば》に乗って旅をしていたのです。僻遠《へきえん》の地に建つ、と或る動物僧院に所蔵すると言われる、亜刺比亜《アラビア》語で書かれた性理学の文献を閲覧させて貰おうと……。

――おお、此処がまさにその僧院です。

――ところが、峨々《がが》たる岩山の崖の間を縫う狭い悪路を辿る内に、急に霧が濃くなり、方角を失って進むに進めず、退くに退けず、途方に暮れてしまった。これは夜営の支度をするほかないと心を決めて驢馬を降りた瞬間、急に気分が悪くなって蹲《うずくま》ったところまでは覚えているのだが……。其の儘意識を失ってしまったのでしょう。其の後は何やら長い、長い悪夢を見ていました。自分が「緋色の塔の主」とやらを名乗り、世界征服を企てるという笑止な物語の主人公になり……。いや、拙者は無意識の内に、何かとんでもない不始末を仕出かしたのでしょうか？

――いやいや、ご心配は無用、最悪の悲劇は回避されました。貴公は狡猾な悪霊の忌わしい巫術《ふじゅつ》で意識を乗っ取られていたのです。然し、大力量の錬金術師でもあり練達の気功術師でもある貴公の精神を、かくも自在に操り、のみならずああした邪悪な変身の呪いを掛けるとは、これは余程の……。

——変身……?

——いや、詳しい話は後でゆっくり。拙者の超音波発生機が功を奏し、その呪いも解けましたゆえ。

——尊師、その機械《マシン》は驚異と言うほかありませぬな。

と、フョードルが感に堪えたように口を挟んだ。

——あの途方もない力《パワー》……。これはやはり越列機《エレキ》を動力として作動しているのでしょうか?

——いや、越列機《エレキ》ではありません。実を言えばもっと恐ろしい動力を用いている。

と、タミリウスはむしろ沈痛な表情になって答えた。

——これは実は拙者の発見したもっとも戦慄的な自然の秘法と申すべきもの。ご存知かどうか、自然界には天王素《ウラニウム》というきわめて稀少な物質が存在するのですが、実はそれを純粋抽出し、拙者の発明した或る特殊な仕方で加工すると非常な高熱が発生します。拙者の超音波発生機はこの熱量を動力として利用しているのです。

——ほう……。

——が、然し、この秘術は諸刃の剣とでも言うのか、その高熱と同時に恐ろしい副産物も作り出してしまう。冥王素《プルトニウム》がそれです。この忌わしい物質は、生命体を致命的な毒で侵す……あ、いやいや、ご心配召さるな、今日作動した程度であれば発生する冥王素《プルトニウム》は無きに等しく、まず実害は生じませぬ。然し、この加工の過程はきわめて不安定で、いつ何時当方の制御を逸脱して暴走し始めるやも知れぬ。恐ろしいと申したのはこの暴走の危険のことなのです。拙者としては、いつかひょんなことから凶悪な怪獣と化し、拙者たちの生存そのものに、延《ひ》いては自然界それ自体に牙を剝かないとも限らないこの禍々しい秘術は、拙者一代限りで封印し、後世には伝わらぬよう万全の配慮を施す所存です。

——さようでしたか。学智の世界の底知れなさを垣間見るようなお話……。

宮廷医伯がふうと嘆息した、その瞬間、何と、まさにその機械《マシン》の、羊の腸を乾燥させたという弦が鋭い音を立ててぷつっと切れ、撓わせていた竹の棒がぴんと撥《は》ね戻った。それ許りでは無い、金属片を組み合わせた箱様の本体の方も、いきなり不規則な断裂が縦横に走ったかと思うと、細い黒煙を上げつつあっと言う間に崩壊してしまった。うぬ、とタミリウスが唇を嚙む。

夜半の川の通常のせせらぎとは異なる何やら異様な水音が高まり始めていた。一同はギヨッとして振り返り、川面を見つめた。流れが泡立ち、奔騰し、沸騰し、その勢いはますます激しくなる許り。十秒も経たぬ内に川水は鼓怒《こど》し、咆哮し、噴薄激盪《ふんぱくげきとう》して、濛々《もうもう》たる蒸気を上げ出した。

――ついに出たな、本物が……。皆さん、どうか下がっていてくだされ。

タミリウスの慫慂《しょうよう》にも拘わらず、一同は足が地に根を生やしたかのように茫然と立ち尽くした儘だ。実のところ恐怖と驚愕に半ば腰を抜かしたような状態だったのだが、傍目には丸で魂が蕩けるような恍惚感に痺れ、眼前の何かにうっとりと見惚れているかのように見えぬでもない。では、皆がそんな惚けたような催眠状態で見つめているそれは、――川面に立ち籠める蒸気の帷《ヴェール》を透かして見える、対岸に出現したその異形のものとは、いったい何か？

5

緋色の塔は燃え上がっていた。いや、燃えると言って良いのかどうか。火焔に舐められ侵され、焼尽し崩壊してゆくのではない、むしろ盛大な火焔が塔の内から外へ噴き出し溢れ出し、夜空を真赤に染め上げながら外部世界そのものを侵略し殲滅《せんめつ》させていこうとしているかの如くである。その火焔が不意に凝集し始め、地上百数十尺もの高さの空中でぎゅっと固まって実体と化すや、それは緩やかに落下してふわりと地上に降り立った。眩《まばゆ》い火焔を全身に纏った、と言うより火焔そのもので出来た、鼠である。鼠と言っても縁の下をちょろちょろ走り回るあの愛らしい小動物ではない。姿形はたしかに鼠だが、何しろその身の丈が只事ではない、二十尺は優に超えている。その化け物鼠がくわっと口を開け、強酸の唾液でぬらぬら光る恐ろしい牙を剝き出して、

——わっはっはっは！　吾輩こそは緋色の塔の真の主なり！

と、大音声で喚《よ》ばわった。その声と倶にごうと吹きつけてくる熱風を浴びて、僧院側の一同は顔を覆いつつ一歩、二歩と後退りする。

——恨み骨髄に徹するあの猪口才なグレナルディーノを醜い鯰の姿に変え、吾輩の傀儡《かいらい》に仕立て上げ、世界征服に乗り出そうとしたが、思いがけず、猪口才な蛆虫《うじむし》がもう一匹控えておったか。然し、吾輩の魔力の前では超音波などという子供の玩具など、何の役にも立たぬことを思い知ったであろう。女王だか何だか、あのチビの黒白兎を王都から誘《おび》き寄せ、あわよくばあのすべたのウサ公にまで憑依《ひょうい》して、吾輩の傀儡と化し好き勝手に操ってくれようと思っておったが……。傀儡などもう要らぬ。身を潜《ひそ》めているのにもう飽きた。吾輩自ら乗り出して世界をこの手に握り、憤《いきどお》ろしい憎悪の火焔で焼き滅ぼしてくれるわ。その手始めにまず、その忌々しい僧院を吹き飛ばしてやろう。

——タミー師!

チッチリオとフォードルがタミリウスに駆け寄った。さすがに血の気が失せ蒼白な顔になったタミリウスは、然し、片方の前足を上げて、周章狼狽する二頭を制し、沈着を失わぬ太い声で、

——まあ、落ち着かれよ。おい、従者、あれを……。

と、言った。ただちに従者が差し出したのは、——何と、亀であった。体長一尺半ほどの、やや大振りの平凡きわまる一匹の灰色の陸亀——錬金術師はこの絶体絶命の危急時に、のろまで滑稽な爬虫類と愉快に遊び戯れようとでも言うのか。

——ただの亀ではござりませぬ。

と、タミリウスは静かに言った。

——これは遺伝子の変造によって創り出した戦闘用の生体改造獣《バイオロイド》。拙者が解発信号《リリース》を送ると、たちどころに全身の細胞が変化し進化し、恐るべき攻撃能力を持つ究極の超兵器《スーパーウェポン》へと変身するのです。この獰猛倔強《どうもうくっきょう》の生体改造獣《バイオロイド》、テオドールこそ、拙者の準備した最終兵器。こやつの猛攻によって打ち負かせないものなどこの世に何一つ有り得ません。

——タミリウス殿、最終兵器と仰ったが、先程の超音波発生機とやらに続いて、まだそれは二番目のものに過ぎないのでは……?

と、僧院長チッチリオがおどおどと囁くように言うのに、タミリウスは、

——ええい、うるさい。引っ込んでいて貰いましょう。さ、行け！　テオドール！

テオドールと呼んだその陸亀を、タミリウスは対岸めがけて力一杯投げつけた。恐るべしテオドール、謎の陸亀は主の手から放たれるや、体色を凡庸な灰色から精悍な銀色へとさっと変じ、且つ亦ぐんぐん大きさを増し、超硬度の巨神素合金《チタニウム》で覆われた甲羅を月光に輝かせつつ、焔の化け物に一直線に向かってゆく。対岸に着地した時、それはすでに途方もない変身を遂げていた。今やテオドールは、口からは隆々たる牙を生やし、右の前足の先からはやはり巨神素合金《チタニウム》製のぎらりと光る鋭い剛剣を突き出し、左の前足には着弾の瞬間に爆発する特殊榴弾を連続的に発射できる大口径の火砲を装着した、身の丈凡《およ》そ二十尺にも及ぶ巨大戦闘機械と化していた。テオドールはじりじりと這い進みつつ、まずは小手調べとでもいった思い入れか、くわっと口を開き、化け物めがけて白熱した集光増幅熱線《レーザービーム》を吐きかけた。その高熱で空中の水分が一挙に気化し、濛々たる水蒸気が立ち籠めた。

十数秒ほどしてその霧が晴れた時、そこには、熱線《ビーム》に射抜かれた化け物が、ずたずたに引き裂かれた骸《むくろ》となって斃《たお》れている……といった光景を、誰もが期待と倶に思い描いていたことは言うまでもない。が、その期待は叶わず、火焔鼠の化け物は傷一つ負った気配もなく平然と立ちはだかり、相も変わらず軀の周囲に恐ろしい焔を邪悪な気《オーラ》のように揺らめ

かせている。それ許りではない、化け物鼠の口の端がにやりと笑いの形に歪んだので、見ている一同は背に水を浴びたようになった。続いて化け物鼠は、笑った口を今度は少し許り突き出して、ふうと軽く息を吐いた。と、その息の巻き起こした風に煽《あお》られたテオドールは、超合金の巨大重量もものかは、いとも簡単にころりと引っ繰り返り、ふわりと宙に浮き、其の儘びゅんと吹き飛ばされてしまった。テオドールは為す術もなく、くるくる回転しながら宙を飛び、あまつさえ空中で先程の変身の逆進化の過程を辿って、あっと言う間に元の一尺半の変哲もない陸亀に戻ったうえで、川の流れにぽちゃんと小さな水音を立てて落下した。一同はテオドールが落ちた場所を息を呑んで凝視しつづけたが、陸亀はそこに沈んだまま一向に浮上してこない。

——タミリウス殿、最終兵器がやられてしまったようだが……。

と、チッチリオがまたおどおどと囁いた。タミリウスは返事もせず、ただ激しく歯嚙みしながらわなわなと全身を震わせ、ぐるるる……と咽喉の奥で低く唸り続けるばかり。が、やがて、深呼吸を一つして、

——仕方がない。拙者自身が出馬せざるを得ないようだ。

と、声低く呟き、振り向いて凄みのある微笑を浮かべつつ一同を見回した。

——どうかご安心を。我が命と引き換えても、あやつは確実に仕留めてご覧に入れる。

これ、従者、笏杖《しゃくじょう》を……。

従者が差し出した笏杖を引っ手繰るようにして片手に取ると、タミリウスは全速力で突進し、川に身を投げた。嵩張《かさば》った長い笏杖を手に如何なる超犬の秘技で逆巻く流れを泳ぎ切ったのか、跳躍一閃、いつの間にか〈金色の大耳の賢者〉は対岸に降り立って、ぶるぶるっと軀を震わせ、水飛沫を撒き散らしている。すでに僧衣を脱ぎ捨てたタミリウスは裸一貫、その眩しいばかりに美しい黄金色の肢体を誰憚《はばか》ることなくさらけ出していた。

そこから繰り広げられた暴悪非道の超鼠と大力無双の超犬との死闘の光景は、それを目撃した誰もが末代までの語り草としたほど凄まじいものであった。それ自体が生あるものであるかのような火焔がごうと襲いかかり、左右に逃げる犬を追って、無数の蛇の束のようにに絡みつき粘りついてくる。逃げきれなくなった犬はくるりと振り返り、辟邪《へきじゃ》の霊力を秘めた笏杖を胸の前に斜めに翳《かざ》し、気合一喝、火焔を押し戻す。其の儘犬は嵩に懸かって鼠に走り寄り、笏杖を水平に一閃し、霊気の刃で鼠の軀を横一文字に切り裂こうとする。一旦裂けたかに見える鼠の胴の傷口はたちまち塞がって、鼠の高笑いが空気を鳴動させる。その間にも陰湿奸佞《いんしつかんねい》な火焔の蛇は犬の背後に回り込み、黄金色に輝く背毛を焼き焦がそうとしている。だっと跳躍し、間一髪でそれを躱した犬は、空中にとどまった儘、笏杖を槍のように突き出し、今度は霊気の熱線《ビーム》で鼠の軀に穴を開けようとする。鼠の胴にぽつ、ぽつ、ぽつと穿《うが》たれてゆく穴も然し、片端から塞がってゆき、亦しても鼠の高笑いが鳴り響く……。

残念ながら、十数分にも及ぶ死闘の帰趨が、タミリウスの不利に傾きつつあるのは誰の眼にも明らかと見えた。疲労の所為であろう、犬の動きがだんだん鈍くなり、避《よ》け切れなかった火焔の蛇に舐められて毛皮に幾つか焼け焦げを負い始めたのに対し、火焔鼠の巨体の方は依然として小揺るぎもしていないからである。不意に化け物鼠の軀がじりじりと収縮してゆくかに見えた。一時《いっとき》邪悪の気を体内に溜め、その密度を高めたのである。次の瞬間、鼠は破裂するように巨大化しつつ、猛烈な邪気をタミリウスに集束させて一挙に投擲《とうてき》した。それをまともに喰らったタミリウスの軀はどーんと撥ね飛ばされ、円弧を描いて川を越え、固唾を吞んで戦闘を見守っていたチッチリオらのすぐ前方の地面に落下した。

死んだように横たわるタミリウスの元へ皆が駆けつけた。が、犬の錬金術師を介抱する余裕もなく、皆の注意は亦たちどころに対岸に戻った。というのも、

――ざまあ見ろ！　蛆虫は捻り潰したぞ。子供の遊びはもう終りだ。では、おまえら諸共《もろとも》、その僧院を丸ごと焼き尽してくれるわ！

と、喚《わめ》く声に続いて、天全体を覆い尽すような大火焔が対岸から押し寄せてきたからである。もはや、これまで――と、誰もが思った、まさにその瞬間、汚れた襤褸《ぼろ》切れのよう

に転がっていたタミリウスが、がばと跳ね起きた。そして、すっくと立ちはだかるや、手早く両前足の指を次々に組合せては解き、解いてはまた組合せ、古代中国の道家の呪法の印を結びつつ、

――臨《りん》、兵《びょう》、闘《とう》、者《しゃ》、皆《かい》、陣《じん》、列《れつ》、在《ざい》、前《ぜん》！

と、破《わ》れ鐘のように響く、誰もの心胆を寒からしめるような大音声のわんわん声で、九字《くじ》の呪文を唱えた。唱え終るや、手にした笏杖を渾身の力を籠めて対岸へ投げつける！

6

びゅんと斜めに上昇した笏杖は、川幅の丁度中間あたりの空中でぴたりと静止した。と、いやはや何と言う超犬の法力であろう、川が満々と湛えている水の、そのすべてが、川面の上空に浮かぶタミリウスの笏杖目指して一挙に持ち上がり、立ちはだかり、水の壁となり、化け物鼠が送ってよこした大火焰を受け止めた！　火焰はかなりの量の水を一瞬の内に蒸気と化して霧散させたものの、巨大瀑布のように立ちはだかった大自然の川水の壁を突破することは、到底叶わず、どんどん消焰してゆく。それ許りではない、情けなく立ち消えてしまった火焰の波を乗り越え、大力の犬法師の操る水の壁は、其の儘対岸までずずずっと行進し、火焰色の化け物鼠の本体それ自体に襲い掛かった！

──ぐわわっ！

という悲鳴が上がった。右に左に、上へ下へ、鼠は逃げのびようとするが、そのつど破魔の霊力を帯びた水の壁が先回りして鼠の行く手を阻む。一時《いっとき》川面に立ち籠めた水蒸気の靄が薄れゆく中、一同の眼に、対岸で逃げ惑う鼠の軀がどんどん縮まり、火焔の色が淡くなってゆくのがはっきり見える。

──ううむ……残念なり……。だが、これで戦いが終ったと思うなよ、吾輩はきっと亦戻ってくる……。

という弱々しい声がかすかに伝わってきたかと思うと、鼠にしては破格に大きな軀──ちょっとした大人の兎くらいはある──ではあるが、それでもまあ尋常一様な鼠には違いない、びしょ濡れになった哀れな灰色の小動物が、裏手の林の中に一目散に走り込んでゆくのが、視力の優れた者の眼にははっきりと見て取れた。

緋色の塔はもはや影も形もなくなっていた。

歓声が上がった。一斉に駆け寄ってきた皆に取り囲まれ、労《ねぎら》いや感謝の言葉を雨霰《あめあられ》のように浴びたタミリウスは然し、その場にへなへなと頽《くずお》れてしまった。歓声が心配の呟きに変わる。

──いやいや、大丈夫……。ちょいと、疲れ申した。それにしても、案外手強《てごわ》い奴でしたな。

――嗚呼、タミリウス殿。何と言って感謝したら良いのか。それと、この宵以来そなたに向かって拙僧が口走ってしまった失礼極まりない暴言の数々、どうお詫びすれば……。

と、感極まってタミリウスの頭の上に飛び乗ってしまったチッチリオが、涙眼で言った。

タミリウスは伏せの姿勢の儘、上目遣いに頭上のチッチリオを見上げながら、

――いやいや、お気になさらず。兎にも角にも、危難が去って本当に良かった、良かった。

――尊師、あの溝鼠めを、追跡して仕留めた方が良いのでは？ 今なら簡単に捻り潰せるでしょう。

と、気負い込んで言ったのはフォードルであるが、タミリウスはいやいやと窘《たしな》める。

――窮鼠猫を嚙むという俚諺《りげん》がこの場合ぴったりでしょう。今のところはもうこれ以上、下手に刺激しないのが上策というもの。

だいぶ気力を取り戻したらしいグレナルディーノがいつの間にか近寄ってきていて、彼もタミリウスの言葉に賛成した。

――そう、あやつは侮れない底力を秘めた途方もない化け物。これで取り敢えず暫くは鳴りを潜めているでしょうから、今後のことは今後のこととして、追々考えることにしま

しょう。いや実は、古い因縁がありましてな、あやつは拙者をひどく恨んでいるのです。いつか最終的な決着をつけねばなりますまいが……。それにしてもタミー師、何とも見事なお手際、拙者、心底感服仕《つかまつ》った。

溝鼠の同僚学者が自分に向ける讃嘆の眼差しに笑顔で応えつつ、タミリウスはようやく上半身を起こしてお座りの姿勢になった。

——僧院長殿、拙者の頭からちょっと降りていただけると……。何だか落ち着きませんので……あ、どうも有難うございます。さて、それでは僧院の居室に戻って、少々休息を取らせていただこうかと——。

〈金色の大耳の賢者〉がそう言いかけて途中で声を呑んだのは、僧院長の従者に支えられて、艶やかな黒白柄の毛並みをした気品ある兎が、ゆっくりした、然しもう病者とは言えぬしっかりした足取りで近づいてきたからだ。

——おお、陛下、お軀はもう良くなられましたか。

——良くなりましたとも。タミリウス殿……。すべて聞きました。そちの比類ない賢智と勇猛のお蔭で、皆が救われた。心からお礼を申します。

——過分のお言葉、恐悦至極に存じまする。つまらぬ狐狸妖怪一匹始末するのに、意外に手子摺《てこず》ってしまい、駑蹇《どけん》の身を愧《は》じ入るばかりでございます。

と、タミリウスは一礼し、頭を下げた儘、エリザベッタの前足を取ってそっと自分の口元に持っていった。

——そちはこの僧院を救ってくれました、いや我が王国そのものを、その崩壊の瀬戸際から救ってくれました。でも、でも……。

女王兎は一拍間を置いて、ちょっと躊躇《ためら》い、それから破顔一笑したかと思うと意を決したように、チッチリオやフォードル始め一同が仰天する中、いきなりタミリウスに抱きついて、首筋を固く抱き締め、彼の真っ黒な鼻づらに何度も何度も、熱烈な接吻《キッス》を与えた。

——陛下……。

皆と同様に吃驚《びっくり》して声を詰まらせているタミリウスの大きな耳の片方を、エリザベッタは持ち上げ、それで口元を囲って自分の声が周囲に洩れないようにしながら、

——でも、そんなことより何より、君はあたしを救ってくれたのね。タミー君、嗚呼、タミー君、大好き！

と、囁いた。側近の誰もかつて一度も見たことのないようなあどけないやんちゃな笑顔になった女王の瞳を、同じように子供っぽい笑みを浮かべたタミリウスがじっと覗き込む。

そして、

——ああ、エリーズ、僕の大事なエリーズ！

と、叫んで、全国民から思慕され畏敬されるこの威厳ある美しい女王兎を、顔から肩から前足から背中から、彼の厚ぼったい大きな舌でぺろんぺろんと舐め始めた。何と大それたこと……と周囲の者たちは周章狼狽し、遠くから血相を変えて駆けつけてくる者もあったが、女王自身がもう、なりふり構わぬ嬌声を上げながら嬉しそうに身をくねらせているので、皆遠巻きにする許りで、この不遜極まる作法破りを敢えて制止しようという勇気のある者は誰もいない。少し離れたところで独り莞爾としながらその光景を見つめていたフヨードルは、一つ大きく安堵の深呼吸をして煙草に火を着けた。近寄ってきて肩を並べたグレナルディーノにも一本勧める。大小二頭の動物は無言のまま紫煙を燻《くゆ》らしながら、川の流れに視線を投げた。

先程の大量の水の損失を早くも取り戻し、水位を刻々上げつつある川面に、一条の暁《ぎょう》光《こう》がさっと射し初《そ》めた。峨々たる山脈のあわいから丁度朝日がほんの微かに顔を覗かせたところだった。

——タミー師、万歳！　女王陛下、万歳！　我らが王国に永遠の幸あれ！

平和な朝の光が静かに漲り始めた峡谷に、笑顔の動物たちの歓呼の声が響き渡った。

CAST (in order of appearance)

Tamilius, the Alchemist .... **Tammy** (Golden Retriever)
Tahta, the Valet of Ciccilio .... **Tahta** (Rat)
Elisabetta, the *Queen* .... **Elisabeth** (Dutch Rabbit)
Ciccilio Benedictus, the Director of the Monastery .... ***Cicci*** (Rat)
Fyodor Mikhaylovich, the *Court Doctor* .... **Fyodor Mikhaylovich** (European Badger)
The Catfish Monster, alias Glenaldino .... **Glenn** (Rat)
The Lord of the Crimson Tower .... **"The Boss"** (Rat)
Theodor, the Super-Bioroid .... ***Theo*** (Tortoise)

THE HORROR OF THE CRIMSON TOWER

Written, directed and produced by
Gombay (Guinea Pig)

THE END

「ちぇっ、ちぇっ、何で、チッチが僧院長で、ぼくがその従者なんだよ」とタータが言った。

「まあまあ」モルモットのゴンベエが如才なく宥《なだ》めようとする。「この従者というのはね、ああ見えて、実は、けっこう重要な役なんだぜ。要するにねえ、権力ってものを相対化する視点を……」

「えー、嘘ばっか。だって、ほとんどセリフもないじゃないか。名前もないし」

「役名はタータだよ」

「じゃあ、おんなじじゃん！　下々《しもじも》の者とか何とか言われてさ。馬鹿々々しくてやってらんないよ、こんなの。リクガメのテオだって、ぷんぷん怒って先に帰っちゃったよ」

「わーい、そういんちょうだ、そういんちょうだ」とチッチが叫んであたりを跳ね回った。

「軽挙妄動はお慎みなされ、僧院長殿」とタミーが荘重で厳《いか》めしい、精いっぱい怖そうな声で言った。それからぐーんと伸びをし、ごろんと仰向けになってお腹を見せ、「ねえ、ぼく、お腹が空いちゃった」と言った。

リクル・ルパッハの祭り

1

暮れかかると、紅葉真っ盛りの川辺の広葉樹林が烈《はげ》しい西日の直射を受けてひときわ豪《ごう》奢《しゃ》な輝きを放ち、水面に赤や黄色の美しい照り映えを広げた。土手の遊歩道から少し下がったところにある平たい石のうえに、一匹の猫が座りこんで、その色鮮やかな紅葉のかげが水に映って流れに揺すられ、様々に形を変えるさまに、じっと見入っていた。

そのすらりとした品の良い猫の名前はブルーという。ロシアンブルーなのでブルー。と言っても、その牝猫の毛の色はブルーというよりむしろ沈んだグレーで、黄昏の光を受けるとそれは青みがかった銀色に輝くようにも見える。その平たい石はブルーのお気に入りの休憩場所で、彼女は夕暮れどきにしばしばその石のうえにじっと蹲《うずくま》り、ゆるやかな水の流れのそこかしこに上がる飛沫を注視しながら、あたりが夜の闇に鎖《とざ》されるまでの時間を過ごした。何をしているのかと訊かれると、そのときどきの気分に応じて、「何もしていないわ」と答えたり、「考え事をしてるのよ」と答えたり、「魚を捕まえようとしているのよ」と答えたりする。

なるほど川面に立つ飛沫のなかには、ときたま小さな魚が跳ねて上がったものもあるようだったけれど、ブルーが水のなかにじゃぶじゃぶ入っていって魚を獲ったことなどただの一度もない。「だって、濡れるじゃないの」と言うのである。「あたし、体を濡らしたくないんだもの」少しくらい濡れなくちゃ魚は獲れないだろと言われると、「あたしはただ、魚を獲ろうとしているだけなのよ。獲ろうとしているっていうのと、実際に獲るのとは違うんだから」などと、澄まし顔でわけのわからない理屈をこねる。

だんだん西日が弱くなり、川面に照り映える紅葉の輝きが薄れはじめた頃、ブルーと流れを挟んで向かい合う対岸に、どこからともなくもう一匹の猫が現われた。黒白柄のその猫は体が濡れることなど意に介さないようで、平然と水に足を踏み入れ、流れのなかに転がっている大きめの石を伝ってひと跳び、ふた跳びし、こちらの岸にうまく着地した。そのままブルーに真っ直ぐ近づいてきて、一メートルほど手前で立ち止まると、

「ブルー姐《ねえ》さん、魚を獲ろうかどうしようか、今日も迷ってるの?」とからかうように言った。

「迷ってなんかいないわよ。あたしはただ考え事をしていただけ」ブルーは座ったまま少し背筋を後ろへそらし頭を俯《うつむ》けて、胸元を丁寧に舐めて毛づくろいし、それから、「ハナ

ちゃん、しかしあんたは、女の子だっていうのに、無頓着ねえ。あんなふうにざぶざぶ水を撥《は》ね散らかして川を渡ってきて。お腹までびしょ濡れじゃないの」と言った。

「いいのよ、そのうち乾くから」ハナちゃんと呼ばれた猫はそう言ったものの、それでも一応、両の前足だけは交互に、大雑把に舐めて水気を取った。それから、ふと何かに気を取られたように急に身を伏せた。少し先にある草の茂みを凝視し、しばらくの間そのまま体を凝固させている。お尻をかすかにもじもじさせながら気を溜めて、緊張感の頂点でついに一気に大きくジャンプし、茂みに跳びこんで、そろえた前足の先で何かを押さえつけた。

「何よ。何がいたの」とブルーが訊く。

「バッタ……かな。あ、逃げられちゃったみたい……」

「この季節まで生き延びたバッタなんて、けなげなものじゃないの。放っておいてやんなさい。それにしても、あんた、いつまで経っても落ち着きがなくて、まだまだ子どもねえ」とブルーは呆れたように言った。「近いうちにお母さんになるっていうのに、大丈夫なの。生まれた仔猫たちをちゃんと育てられるのかしらねえ。立派なおとな猫になるように、きちんとした躾けをしなくちゃいけないのよ」

「ほんと、ほんと。心配ねえ」ハナちゃんは他人事のようにのほほんと言い、ブルーの座っている石のうえに乗ってきて、そこにごろんと体を横たえた。呼吸につれてゆっくり上下しているその横腹は、たしかに少し膨らみかけているようだ。「でもさあ、あたし自身、立派なおとな猫なんかじゃないんだもん。まあ、適当でいいんじゃない」

「いつ生まれるのよ」

「さあ、わからないわ。まだまだずっと先でしょ」

「川の水でお腹を冷やしたり、あんなふうにぴょんぴょん跳ねたりしちゃ、駄目でしょ。お腹のなかの子に良くないわよ」

「まあいいのよ、適当にしていれば」

「あんたって、けっこう図太いところがあるわよねえ」

まだ若くて、どこかぽっちゃりした体形のハナちゃんは、ブルーのような舶来の純血種ではなく、ごく平凡な日本猫だった。体の上半分（つまり背中と尻尾）は黒で、下半分（顎の下、胸、お腹にかけて）は白。顔は、頭のうえから目のすぐ下あたりまで（それと鼻すじ）は黒で、そこから下は白という、ツートンカラーだ。二匹はこの川辺で出会って友だちになった。二匹ともちゃんとした家で飼われているのだが、自由に外に散歩に出させてもらえるので、毎日かなり広い範囲を巡回して歩く。しかし、こういう黄昏の時刻には、二匹とも何となくこの川辺に来て顔を合わせることが多かった。

しばらく川の流れをぼんやり眺めていたハナちゃんは、やがて突然、

「ブルー姐さん、夕暮れって、いったい何なんでしょう」と言った。

「何なんでしょうって……何よ、いったい、急に」

「あたし、一日のこの時刻になると、何だか淋しくて淋しくて、たまらなくなるの」図太いと言われたハナちゃんがこんなしんみりした感慨を洩らすのは珍しいことなので、ブルーはちょっと意外そうな表情でハナちゃんの緑色の目を覗きこんだ。

「それは、日が暮れて、今日一日が終わるから――終わってしまうからでしょ。終わりが来るってことは、何の場合でも淋しいものじゃない。ごはんを食べ終わるときだって、あ、これで終わりかって……」

「ううん、それだけじゃないの」とハナちゃんは首を振った。「それもあるんだけど……何て言うのかな……。淋しいんだけど、うっとりするのよ。ほら、カエデやイチョウの葉っぱがあんなにきれいに輝いているでしょ。輝いていたでしょ。でも、今ここにこうしていると、一秒ごとに、その輝きが薄れてゆくでしょ。一秒前よりも今この瞬間の方が、今この瞬間より一秒あとの方が、ほんの少しだけ暗くなる。ほとんど感じられないほどの、かすかな違いなんだけど……」

「時間は後戻りしないから」

「そう。一瞬ごと、確実に、着実に、後戻りなしに、変わってゆくでしょ。そのかそけさが、何だかとても……いとおしいって言うのか……」

ブルーはまさに一瞬ごと暗さを増してゆく西の空を眺めやって、かそけさが、いとおしい、と小さな声でハナちゃんの言葉を繰り返した。

「光が消えてゆくのが淋しいの。でも悲しくないの。何か、うっとりするような淋しさなの。むしろ、嬉しいのかもしれない。だって、こういう光のなかにいると、あたしは独りぼっちじゃないっていう気持ちになるんだもの。木の葉っぱも草の茂みも、風も雲も、バッタもテントウムシも、ブルー姐さんもあたしも、みんなみんな……何て言うか……」

「同じ時間のなかで生きている……」

「そう、そうなの！」ハナちゃんの顔がぱっと明るくなった。「紅葉の輝きが翳ってゆくのも、川の水面が暗くなってゆくのも、『今この瞬間』が移り変わってゆくということでしょう。その移り変わりのなかにみんながいて、あたし自身もいて、みんな一緒に、みんな同時に、『今この瞬間』を生きている……。何か胸が詰まるような、やるせない、甘い気持ち……」

「夕暮れはあわいの時刻なの」とブルーが言った。

「あわい……？」

「あいだにあるってこと。昼と夜のあいだ、光と闇のあいだ……。本当は、あたしたちはいつでも、あいだにいるんだよ。あれとこれのあいだに、一瞬前と一瞬あとの、過去と未来のあいだに。夕暮れというのは、そのことを改めてはっきりと思い出させてくれる、特別な時刻なのかもしれない。それにね、夕暮れは、これからようやく夜が来る、その直前の時刻でしょ。夜というあのすばらしい世界が今にも訪れようとしている……。そのことの兆しが、ほら、いたるところにあるじゃない」

今日も一日、すばらしい秋晴れだった。ブルーが頭をうえに向けたのに釣られてハナちゃんも空を見上げると、さっきまではきれいに澄んでいた淡い青が、もうだんだん深い藍色に変わりはじめている。しかし西の空はまだ明るくて、赤みがかった黄色が豪奢な光のカーテンのように垂れこめて、今しも消えようとする炎が最後の最後にいちだんと激しく燃え盛るときのような、目もあやな輝きを放っている。

「ねえ、あたし、思うんだけど」とブルーが言った。「いちばんすばらしいのは、ある出来事それ自体じゃなくて、その出来事がこれからやって来るぞっていう、予感の方なんじゃないかしら」

「予感……？」

「さあこれから何かが起こるぞっていう、あのうずうずするような期待感のことさ」

「ふーん」

「待ちに待ったそのことが、もうすぐ間近まで近づいてきているっていう、あのどきどきするようなスリル……。そして、いざ夜になればなったでさ――」

ブルーがそう言いかけたとき、突然、土手のうえから大きな石が転がり落ちてきたので、二匹はびっくりして思わず飛び上がった。その丸い石は二匹が座っている平たい石のすぐ脇を掠め、ごろごろと転がりつづけ、ぼっちゃーんと大きな音を立てて川に落ちた。

ブルーとハナちゃんは、むろん二匹とも猫のつねとして好奇心がきわめて旺盛だったから、恐る恐るではあるがすぐさま川岸に近づいていき、いったい何が起きたかを確かめようとした。しかし、平たい石から飛び降りて歩き出したときにはもうすでに、川の流れに半ば浸かっているその灰色のものがもぞもぞ動きはじめているのが見てとれたので、川岸まで来たときにはそれが何なのかふたりにはとっくにわかっていた。

「まあ、テオ！　また小学校の池から逃げ出してきたのかい」とブルーが言った。

「おお、ブルー、それからハナさんもかい」甲羅が下になったリクガメのテオが、首を精いっぱい伸ばして水面のうえに突き出しながら、喘ぎ喘ぎ言っていた。「う、う、溺れてしまう……。起こしてくれ、起こしてくれ。若い頃はこんなふうに引っくり返っても、自力ですぐ起き上がれたんじゃがのう。もう、駄目だ。力が入らん……」

「しょうがないわねえ。ハナちゃん、起こしてやりなさい」

「ええっ、あたしがあ？　濡れるから、嫌よ」

「さっきは川のなかにじゃぶじゃぶ入っていたじゃない」

「だってえ……まったくもう、しょうがないわねえ……。こんな力仕事を妊婦にやらせるなんて……」などとぶつくさ言いながらも、ハナちゃんは水のなかに入っていって、姿勢を低くしてテオの甲羅のへりに頭を付け、よいしょ、よいしょと押してやった。ハナちゃんが力を入れるたびに、ごろんごろんという揺れの振幅が大きくなり、最後にぐっと強く突いた拍子に、甲羅はぐるりと半回転して、テオは元通りに起き上がることができた。

「いや、有難う、有難う。歳をとると、これで、なかなかのう……」よいしょこらしょと大儀そうに四本の足を動かして、テオは陸に這い上がってきた。

2

「なかなかのう、じゃないでしょ」とブルーが言った。「あんな凄い勢いで川のなかまで転がり落ちちゃって、あんた、いったい何してるのよ」

「いや、ちょっと足を滑らせて、土手のへりを踏み外したんじゃ。そうしたら、もう、一直線に……。何せ、わしの体は丸っこいからのう」

「あんた、小学校の校庭にとっても良い隠居場所を見つけたんでしょ。何でそこにじっとしていないのよ」

「いやあ、たしかに美味しいごはんも貰えるし、住み心地の良い場所なんだが、あそこでただ、日がな一日のんびり暮らしているのも何だか退屈でなあ。ときどき、金網の隙間から出て、こうやってちょっと足を延ばして、ぶらぶらと……」

「こないだも逃げ出してきて、向こうの自動車通りでトラックに轢かれそうになったり、大騒ぎだったじゃないの」

「そうじゃった、そうじゃった。交番に保護されたんだが、お巡りさんがたいそう親切でのう。あちこち問い合わせてくれたらすぐに身許が知れて、小学校まで連れ帰ってくれたんじゃ。子どもたちが喜んでくれてのう、よく帰ってきてくれたわと、わしを抱きかかえて、涙を浮かべている四年生の女の子もいたり……」

「そんなに愛されてるなら、小学校でおとなしくしてればいいじゃないの」

「いや、年寄りはついつい、あっちこっち『徘徊』するもんなんじゃ。人間の年寄りもそうらしいがのう」

「へえ、そうなの」

「いやあ、なかなかのう……。で、ブルーさんはその後、お元気かい」

「ぴんぴんしてるわよ。ハナちゃんはお母さんになるのよ」

「おお、それはそれは、ハナさん、おめでとうさん」

「テオさん、リウマチの具合はいかが？」とハナちゃんが言った。

「良くなりもしないが、悪くなりもしない。ま、こんなもんだろうなあ。体にあちこちがたが来るのも道理というもの、何せわしは長く生きてきたからのう。長く、長く、生きてきたのじゃ。世の中の有為転変《ういてんぺん》をずっと見つづけて――」

「はいはい、わかったわよ。それで、今度も、世の中を見に出かけてきたわけね。よくもまあ、人間に見つからずにこんなところまで歩いてこられたわねえ」

「いや、ゆっくりゆっくり進んでいけば、かえって人目につかないのじゃ。これこそまさに、年寄りならではの賢知というもの。何せわしは、長く、長く――」

「わかったってば」とブルーは面倒臭そうに言った。「あんたはどうせ、これからももっともっと、長く長く生きるつもりなんでしょうからねえ。『徘徊』もほどほどにしておくのよ」

「おまえさん、この年寄りから、わずかに残されたささやかな楽しみまで取り上げるつもりかい……」

それから三匹は、昼が夜のなかにゆっくりと滑りこんでゆく――ブルーのいわゆる――

「あわいの時間」を、川岸に並んで、思い思いに立ったり座ったり寝そべったりしながら過ごした。

川辺の風景が完全な闇に鎖されようとする直前、ブルーが小さく「あっ」と叫んだので、ハナちゃんとテオは訝《いぶか》しげな視線をブルーに投げた。ブルーは斜め向こうの対岸を指し示しながら、

「ほら、あそこ……。あれ、いったい何かしら」と言った。なるほどそこには、何か奇妙なことが起こっていた。川岸の草の茂みの間で、正体不明の小さな明かりがちらちら揺らめいているのだ。

「変ねえ。螢《ほたる》かしらねえ。それにしては明るすぎるみたいだし……」とハナちゃんが呟いたときにはすでに、テオは動きはじめていた。のろのろとながら着実なペースでそちらに向かって進んでゆく。

「あ、行くのね。あたしも行く！」と叫んで、ハナちゃんが先に立って、岸辺に向かって駆け降りてゆく。しかし、ブルーが、

「待って！　ちょっと待ちなさい」と声を掛けたので立ち止まった。

「何だかわからない変なものだからね。いきなり近づかない方が良いよ。そおっと、そおっと行ってみることにしよう」とブルーは言った。

そこで三匹は、できるだけ音を立てないように気をつけて川を渡った。テオが慎重に川に入り、浅瀬では歩いたり深いところでは少しばかり泳いだりしながら、流れの真ん中あたりまで行ったとき、

「テオ、そこでちょっと、じっとしてて！」とブルーが叫んだ。

「おっ、おっ、何だ……」と途惑いながらも、テオがつい言われた通り、その場で体をじっとさせたままでいると、ブルーは短い助走に続けて岸辺から大きく跳躍し、流れから突き出している石に着地し、それを蹴って今度はテオの甲羅のうえへ、そこからさらにもう一度ジャンプして対岸へ――という具合に、見事な三回連続ジャンプで、体をまったく濡らすことなく優美に川を渡りきってみせた。そのさまは、まるで銀色の光が川面を一気に走り抜けたように見えた。だが、遅れて岸に上がってきたテオは、当然ながらひどく腹を立てていた。

「おまえさん、わしを何だと思ってる、え？　踏み台か、跳躍台か、え？　こういう哀れな老亀に、ああいうことをするか、ふつう？　あちこち傷んだこの甲羅をあんなふうに蹴っ飛ばされるとな、持病のリウマチがずきずき痛んでな、もう、我慢できないほど痛んでな――」

「はいはい、ごめんなさいね」大して申し訳なく思っていないことの明らかな、平然とし

た口調で、ブルーは謝った。「いえね、あっちから見てたらついつい、ちょうど具合の良さそうな中継地点に見えたもんだから。しかし、おかげさまで、濡れないで済んで助かったわあ」ブルーのエメラルド・グリーンの瞳でじっと見つめられると、テオのみならず誰であれ、この猫のどんなわがままな振る舞いも赦《ゆる》してしまわずにはいられない。

三匹はセイタカアワダチソウの密生した茂みに分け入って、足音をひそめつつ少しずつ近寄っていった。もっとも、テオの歩みののろさに合わせてじりじり進んでいけば、大きな物音などおのずから立ちようがない。やがて、その明かりはちらちら燃えている炎だということがだんだんわかってきた。

「火が燃えてる……」とハナちゃんが緊張した声で言った。「大変じゃないの。燃え広がってしまったら……。早いとこ、人間に知らせた方がいいかもしれない」

「待って、待って。ともかく、あれが何なんだか、まず確かめてみましょうよ」とブルーが言った。

近づくにつれて、かすかな歌や歓声のようなものが聞こえてきた。大勢の小さな動物たちが集まって騒いでいるような気配がある。茂みをかき分けて三匹が顔を覗かせると、そこには思いもかけない光景が広がっていた。炎自体は、せいぜい地面から高さ十センチくらいのところまでしか届かないとても小さなものだった。そこは植物は何も生えていない一メートル半四方ほどの空き地で、その真ん中にそのささやかな炎が揺らめいており、周りには火のつくような草の茂みも枯れ葉の堆積もないから、燃え広がるような危険はないことがすぐに判明した。

その小さな面積だけ草も葉っぱもきれいに取り払われ、赤土の地面が剝き出しになっているのはちょっと不思議で、まるで誰かが念を入れて清掃し整備して、そこに空き地を作り出したかのようだった。

その誰かというのが、まさしくそこにいた。三十四か四十四ほどの小さな動物が、炎を囲んで何やら大騒ぎをしているのだ。ネズミのように見えるが、鼻先が尖ってつんと突き出しているところはモグラのようでもあり、しかしその体軀の尋常でない小ささからすると、ありきたりのネズミやモグラの仲間ともとうてい思えない。何しろ、尻尾を除いた体長はほんの四、五センチほどしかないのである。人間の子どもの小指ほどとでも言おうか。ショウリョウバッタだって、これよりずっと大きいだろう。

「あれあれ……ネズミの赤ちゃんたちかしら？」とハナちゃんがそっと囁いた。

「うーん……」とブルーも首をかしげている。ブルーたちは知らなかったけれど、それはチビトガリネズミという動物で、世界最小の哺乳類の一つだった。

彼らが囲んでいる炎は、燃え広がってゆく心配はない。むしろその逆に、放っておけばたちまち消えてしまいそうな気がするのだが、そうもならないのは、その小さな動物たちが交替で、その炎にひっきりなしに枯れ葉や枯れ枝の切れっぱしをくべて、つねに一定の大きさで燃え上がっているように気を配っているからだ。

そして、彼らはその間中もずっと、歌ったり踊ったりの大騒ぎを続けている。小さな前足に棒のようなものを持ち、それでクルミの殻《から》を叩いている者もいる。束ねた松葉で石をぴしぴし打って、リズムを取っている者もいる。それ以外の連中は、思い思いに歌を歌い、しかしそれが滅茶苦茶な混乱にはならず、全体として何か不思議に調和の取れた旋律のうねりを作り出している。それは彼らの踊りも同じで、くるくる回る者あり、ぴょんぴょん飛び跳ねる者あり、地面にごろごろ転がる者あり、一見したところ各人各様、でたらめに体を動かしているようなのに、その数十匹の小動物たちが音楽に乗ってちょこまか踊り狂っているさまは、何か大きな一つの意志によって統《す》べられた、心地良い共同体の空間を現出させているように見える。彼らもブルーたちもそんなものは見たことも聞いたこともないだろうけれど、ちょうどそれは人間の世界で言えばブラジルのサンバ・カーニバルに似た何かだった。

葉蔭からそっと顔だけ覗かせたブルーとハナちゃんとテオは、しばらくの間魅せられたように、この奇妙なお祭りのさまに見入っていた。チビトガリネズミの体軀からすれば巨

大な怪物と言っていいだろうこの三匹の存在に、いくら歌と踊りに熱狂しているとはいえ、彼らが気づかないのは不思議でなくもない。しかし、この小さな解放区はセイタカアワダチソウの密生した茂みに囲まれ、外からの視線が遮られているので、きっと誰にも見つからないものとすっかり安心しきっているのだろう。ブルーたちがこの小さな可愛らしいお祭り広場の中央に揺らめく炎に気づいたのは、たぶん川の対岸の小高くなったところから見ていたせいに違いない。あそこは恐らく、周囲の視線から安全に保護されたこの場所がうまく見通せる、稀な地点の一つだったのだ。

しかし、やがて、ハナちゃんがどうしても我慢できなくなってしまった。すぐ目の前に来て、ころんころんとでんぐり返しを繰り返している一匹のネズミに、手を出してみたい気持ちを抑えられなくなってしまったのだ。ハナちゃんはさっと前足を伸ばし、そのネズミをちょいっと突いて転ばせた。一瞬、何が起きたのかわからず茫然としていたそのネズミは、ハナちゃんの巨大な顔がつい目と鼻の先に迫っているのに気づくと、体を凍りつかせ、恐怖の悲鳴を上げた。その悲鳴は、てんでんばらばらな大騒ぎながら全体としては何か統一感のある豊かなハーモニーをなしていたそのお祭りの空間を、一挙に引き裂いてしまった。皆の視線がいっせいにハナちゃんの顔に集中し、次いでその背後にいるブルーとテオの顔も認めると、大小の叫び声が上がり、それが慌ただしく交錯した。一瞬、凝固したかと思うと、次の瞬間、パニック状態に陥ったチビトガリネズミたちは、大慌てで右往左往しはじめ、しかし空き地を囲むセイタカアワダチソウの茂みに逃げこもうとはせず、焚き火の周りに固まってふるふると震えている。何か早口でひそひそ囁き交わしているようだ。

「ハナちゃん、あんた、何であいうことをするのよ」とブルーが責めるように言った。

「ご覧なさい、みんな、怖がってるじゃない。あんなに楽しそうにしてたのにさ」

「だって、我慢できなかったんだもん」

「可哀そうにのう。ハナさんはどうも軽率でいかん」とテオも言った。

「だあってえ……」

そのうちに、一匹のチビトガリネズミが、必死の勇気を奮い起こしている気配をありありと示しつつ、身を寄せ合って固まったそのネズミたちの集団を離れ、ブルーたちの方にちょこちょこと近寄ってきた。

「あのう……」と、かなりの年寄りらしいそのチビトガリネズミは目を伏せ加減にしつつ、おどおど、びくびくしながら言った。他の連中はだいたい背中が暗褐色でお腹が灰色なのだが、そいつだけはちょっと際立っていて、背中も含めて体全体がごく薄いグレーで、とくに顔はほとんど真っ白になっている。

「ああ、ごめんなさいね。邪魔するつもりじゃなかったのよ」とブルーが言った。「この子が馬鹿だから——」しかし、そう言いかけたブルーの言葉を老ネズミがつっけんどんに遮って、

「いや、あんたじゃなくて」と、とてもかぼそい、だが明らかに何か馬鹿にするような口調で言ったので、ブルーは面喰らって口を噤《つぐ》んでしまった。何しろ小さな小さな動物だから、よくよく耳を澄まさないかぎり聞き取れないような声である。だが、そのかぼそい声には、かぼそいなりの一種の威厳のようなものがみなぎっている。

「あんたたちはいいんです。そちらの、後ろの方にいらっしゃる、そのお方……」

「わしかね?」と言いながら、テオがずずっと身を乗り出してきた。

「おおおっ」と老ネズミは叫んだ。「その鋭い牙、その優しくかつまた厳しいまなざし、その気品溢れるご尊顔、その威容に満ちた巨大な甲羅……」

何が何だかわからないまま、テオはさらにずいっと前に進み、セイタカアワダチソウの茂みから完全に姿を現わし、小さな空き地に足を踏み入れた。そのとたん、焚き火の周りに集まっていたネズミたちがいっせいに、おおっと叫び、どよめいた。それはさっきの恐怖の悲鳴とは明らかに種類の違う叫びだった。彼らは明らかに、喜んでいる、いやほとんど歓喜してさえいるようだ。歓喜に加え、畏怖と崇敬の響きも混じったその小さなどよめ

きが、たちまちテオを包みこんだ。

「あなたは……あなた様は……」老ネズミは、感動のあまり途切れ途切れになった震え声で、「ナーダ・リクル・ルパッハ神であらせられる！」

それと同時に、チビトガリネズミたちの群衆は、ナーダ・リクル・ルパッハ神だ、ついにナーダ・リクル・ルパッハ神がご降臨なされたぞ、と口々に叫び、皆いっせいにぺたりと身を伏せ、テオに向かって恭《うやうや》しく頭を地面にすりつけた。

3

「えっ、何だ、何だよ……」とテオは途惑ってぼそぼそ言った。「わしはリクガメのテオだよ……」

「おお、まさに神様《テオ》でござりますな！」と、頭をぴたりと地面に伏せた礼拝の姿勢を崩さぬまま、老ネズミは感極まった呻き声を洩らした。「拙者どもチビトガリネズミ一族が、遠い祖先以来の伝承で語り継いできた、ナーダ・リクル・ルパッハ神のご来臨に、生きているうちに立ち会えるとは……。いや、長生きはするもの……何という喜び……」ごほっ、ごほっと老ネズミは激しく咳きこみ、はらはらと涙を流した。

「おい、何だい、これは」とテオはブルーを振り返って言った。「その、ナーダ何たらというのは、いったい……」

「何だかわからないけど、どうやらこのチビちゃんたち、あんたのことを神様だと思いこんでるみたいね。この老いぼれ亀さんがねえ、神様とは……」ブルーが鼻先でせせら笑うように言うと、テオは憤然として、

「何と、老いぼれ亀さんとは、失礼な!」と叫んだ。が、感動しきった老ネズミにはそんなやり取りはまったく耳に入っていないようで、頭を少し上げると、涙でぐしょぐしょになった顔で、

「いつかこの瞬間が訪れるのではないかと待望しつつ、年に一度のこのリクル・ルパッハ祭を長年催しつづけてきましたが、ついに、いやはや、ついについに……。ほら、火が消えかけてるぞ、もっと薪をくべなさい」老ネズミの命令に従って、若いネズミが数匹、慌てて焚き火に小さな木片をくべた。火はまた勢い良く燃え上がった。

「あんた、村長さんか何かなの?」とブルーが訊くと、

「はあ、群れの長《おさ》の、トクル・ルパッハです。群れの長は代々、ルパッハ姓を継承することになっております。父はナクル・ルパッハ、祖父はボクル・ルパッハ……」

「いや、ま、そんなことはどうでも良いんだけど、あんたたち、この亀さんを崇拝してるんだ?」

「お、何と、亀さんなどと！」老ネズミは激昂のあまりぐいと起き上がり、ブルーを睨みつけて叫んだ。「畏れ多くもかしこくも、ナーダ・リクル・ルパッハ神に対して、何という不敬な——」しかし、その言葉を途中で遮って、目を半眼に閉じたテオが、妙に厳めしい声で、

「良い、良い」と言ったので、ブルーもハナちゃんも思わずテオの顔を見た。

「まあ、良い。この者たちはまだ修行が足らぬゆえ、口の利きかたを知らぬのじゃ」とテオは変に低音の、妙ちきりんな作り声で言った。

「あんた、いったい、何言ってるのよ」と、ブルー。

「おい、もっと小さい声で……」とテオが囁き返した。「わしを神様だと思いこんでるんなら、まあそれはそれで良いじゃないか。こいつらの大喜びに水を差すこともなかろうて」

「あんた、神様扱いされて、けっこう気を良くしてるんじゃない？」

「いや、別にそんなことはないぞ。そんなことはないが、しかしなあ、改めて考えてみるならば、わしも長く、長く生きてきて、近頃、何かしら得体の知れぬ神々しい霊力を備えはじめた自分を感じており……」

「へっ、霊力！　霊力とは聞いて呆れる……」

「ほらほら、聞こえてしまうぞ、もっと小さい声でな……」

「今ちょっと耳に入りましたが」と、老ネズミがブルーとハナちゃんを見遣りながら、憤懣やるかたないように言った。「ナーダ様、この者たちの不敬きわまる態度、不遜な言葉遣い……。ナーダ神の寛仁大度《かんじんたいど》には頭が下がりまするが、しても、拙者、愚考しまするに、かくのごときあまりに図々しい振る舞いには、天誅《てんちゅう》を下して当然ではないかと……」

「まことにもっともじゃ」とテオが言った。「家来のくせに、最近、少々付け上がる傾向があっての、このふたりは。一度、とことん懲らしめてやる必要があろうの。しかし、ま、こうしためでたい良夜ゆえ、今日のところはわしに免じて、どうか大目に見てやってくれんかの」

「おおっ、家来と申されますと……。ひょっとして、このおふた方は、われらが伝説に語り継がれている、ナーダ神の勇猛果敢な伴廻《ともまわ》りたる、勲功隠れもなきふたりの副神、ラミネルーダ・カヤソマータラミーナ様とサーキヤソマ・クルテンソポッポ・リッポ様なのでは……？」

「そ、そ、そうじゃ」とテオが言った。「まさに然り。わしの伴廻りのな……ラミネ……ラミネル……」

「家来とか伴廻りとかって、いったい何の話よ」とブルーが腹を立てて言った。

「まあ、良いじゃないか、そういうことにしておけば、この連中も安心するからの」

「おお、それはそれは……」と、老ネズミ。「で、どちらがラミネルーダ・カヤソマータラミーナ様で、どちらがサーキヤソマ・クルテンソポッポ・リッポ様でいらっしゃいますか？」

「う、う、うん。それはな、こっちがラミネル……で、こっちがサーキ……クルテン……なのじゃ」とテオがいい加減に誤魔化しながらむにゃむにゃ言って、ブルーとハナちゃんを交互に指し示した。

「そうでございましたか。いや、ついつい、見た目の印象に欺《あざむ》かれ、ただの平凡なロシアンブルー猫と黒白柄の和猫にすぎぬかと思いこんでしまいましたが、それはまことにもって失礼つかまつりました」と老ネズミが言い、ブルーとハナちゃんに向かって改めて一礼した（「『ただの平凡な』って、いったいどういう意味よ」とブルーがハナちゃんの耳に憤然と囁いた）。

「で、おまえらは、祭りを催しておるのじゃな」

「さようです。毎年こうして迎え火を焚きまして、ナーダ様のご降臨をお待ち申しておりました。しかし、まさか、本当に、現実に、今日のこの瞬間を迎えようとは、まこと、夢でも見ているようでございます！」

チビトガリネズミの群れのなかからも、喜ばしげな同意の呟きがざわざわと起こった。

「そうか、そうか」とテオは満足そうに言った「良い、良い。おもてを上げい。さあ、歌と踊りを続けるのじゃ。そのリクル……何とか祭を好きなだけ楽しむがよい」

「どうも有難うございます。それでは、お言葉に甘えまして」

大歓声が上がった――と言っても、何しろチビトガリネズミの群れの大歓声など、近くの林の枝にとまって、炯々《けいけい》たる眼光と鋭敏このうえもない聴覚で不眠の監視を続けるモリフクロウも気づかないほどの、かすかな音量のものでしかないのだけれど。

最初はおずおずと再開された歌と踊りは、だんだん賑やかな、羽目を外したものになり、ナーダ神の臨席で催される祭りの興奮は、この一族の歴史においてもかつてなかったほど高まった。ほどなくブルーたちが気づいたのは、このチビさんたちが実は、程度の深浅はあれ、誰も彼も酔っぱらっているということだった。周囲から注意深く秘匿《ひとく》されたこの小さな空き地にブルーたちが接近し、草の間から顔を覗かせたとき、最初のうちこのチビさんたちがそれにまったく気づかなかったのは、単に歌や踊りに身も心も没頭していたからだけではなく、彼らの大部分がすっかり酩酊し意識が霞んでいたせいでもあったのだ。

「リクル・ルパッハ祭の夜は、まる一年かけてゆっくりと醸造した新酒の飲み初《ぞ》めで、群れの全員に大盤振る舞いされるのです」と、老ネズミのトクル・ルパッハが説明した。

「子どもたちが酒を飲むのも、今夜だけは大目に見てもらえます。もちろんほんのちょっぴりですが。未成年者が度を越して酔っぱらうというのは、風紀上よろしくないことですからね」

その酒なるものが、真ん中を凹ませた小さな葉っぱのうえに注がれて、三匹の前にも運ばれてきた。それは本当に美味しい飲み物だった。

「なかなかいけますでしょう」とトクル・ルパッハが得意そうに言った。「木の実や草を細かく砕いて蜂蜜と果汁で練り、それをある特別の処方で醸すのです。わが一族自慢の特産物です」

複雑で絶妙な味わいのその酒はしかし、猫たちやリクガメがほんのひと舐め、ふた舐めするとたちまちなくなってしまった。三匹はもっと飲みたいと思い、またトクル・ルパッハも追加をお持ちしましょうと熱心に言ってくれたが、どうやらそれはたいそう貴重な飲み物らしいので、遠慮しておくことにした。

「いや、霊力を保つには、酔うてはならぬのじゃ。わしら神々の霊力が乱れると、この世界の善悪の平衡が崩れかねん」とテオが言った。「神であるというのもなかなか辛いものでのう」

「ははあ、御意《ぎょい》」とトクル・ルパッハが感心したように言う。

「あんた、当意即妙にいろいろ言うもんだわねえ」とブルーが、これもまた感心したようにテオに囁く。

月が昇った。皓々と輝く月光を浴びて、その場のすべての者たちの足元に濃い影が落ちた。絶えず薪が足され、焚き火の炎は明るく揺らめきつづける。

祭りの興奮は頂点に達し、それとともに、神々をもてなすための様々な芸が演じられはじめた（「ほんのお目汚しですが」とトクル・ルパッハはしきりに謙遜したが）。チビトガリネズミたちのなかの選び抜かれたパフォーマーたちが、神々の臨席のもとで演じるというので張り切って、入れ代わり立ち代わり、日頃の練習の成果をあれこれ披露した。でんぐり返しを息も継がずに十回連続でやる者あり、三匹の肩のうえに二匹乗り、さらにそのうえに乗って三回連続で宙返りをやる者あり、一族に伝わる古民謡の恋歌を掛け合いのデュエットで歌う者あり（テオたちはその歌い手たちの間近に耳をひたと寄せて聞かなければならなかった）、果ては、二つのグループがそれぞれ両端を持ってぴんと宙に張った蔓《つる》のうえで、両前足に葉っぱを持ってバランスを取りながら、後足二本立ちで綱渡りをしてみせる者あり……。ブルーもハナちゃんもテオもすっかり楽しんで、時間の経つのを忘れてしまった。

テオがいちばん気に入ったのは、このコロニー随一の美女という牝のチビトガリネズミによる妖艶な舞踊だった。音楽に合わせて体を揺らし、お尻をふりふりさせながらくるりくるりと回ってみせるそのぽっちゃりした牝ネズミの、腰のくねらせようと色っぽい流し目に、テオはうっとり見惚れてしまった。テオがそんなふうに魅了されてしまったさまを目敏《めざと》く見てとったトクル・ルパッハは、リクガメの耳元へすすっと近寄って、

「お気に召しましたかな、あの娘……。大変な美女でございましょう。もしよろしければ、お妾としてお傍に仕えさせることも……」と意味深な訳知り顔で囁いた。

「そ、それは……ううむ……」とテオは唸った。すると、そばからブルーがすかさず、

「いえ、駄目なんですよ。ナーダ様にお色気は禁物なんです。霊力が乱れて、善悪の平衡が……」と言った。

「ははあ、そうでしたな。御意」と言ってトクル・ルパッハはすぐさま離れていったが、その後ろ姿を見ながらテオは、

「ブルー、おまえ、ちょっと差し出がましいんじゃないのか」と少々うらめしそうに言った。

「何言ってんの、いやらしい爺さんねえ。あんた、自分の歳を考えなさいよ」とブルーはぴしゃりと言い返す。

やがて、ぐでんぐでんに酔っぱらった挙げ句、その場にばったり倒れ、そのまま眠りこ

んでしまう者もちらほら出現しはじめた。どうやらパフォーマンスも出尽くしたらしい。

「さあて……そろそろお開きみたいね。でしょ?」とハナちゃんがトクル・ルパッハに言った。

「そうですな。今夜は本当にすばらしい晩になりました。たとえこれが最後のリクル・ルパッハ祭になるとしても、いや、きっとそうなるでしょうが……もう心残りはございません」

「え、最後って、どういうこと?」ハナちゃんが聞き咎めて、そう訊き返すと、

「いや、サーキヤソマ・クルテンソポッポ・リッポ様、それというのも……」急にやや悲しげな面持ちになった老ネズミは、沈んだ声で言った。「実を言えば、われわれのこのコロニーには、もう未来がないのではないかというのが拙者の考えです。拙者だけではなく、大部分の者たちが、口には出さないながらもそう考えているでしょう。驚かれましたか?しかし、今宵、畏れ多くもかしこくも、かくもやんごとなき神々の皆様がこうして突然ご来訪くださいましたのも、本当は、それだからなのではござりませぬか?」と言って老ネズミは、問いかけるようにテオたちの顔を見回した。

「それだからもこれだからも、ないわよ」とブルーが言った。「あたしたちはただ、ちょっと通りかかっただけよ。いったい何でまた、未来がないなんて——」

「はあ、ラミネルーダ・カヤソマータラミーナ様、それでは申し上げますが……。このもう少し先の土手に大きな穴がありまして、そこが拙者どもチビトガリネズミの群れの棲みかになっておるのです。たいそう住み心地の良い巣穴でしてな、拙者どもはそこに代々平穏に暮らし、子どもを育て、このコロニーを維持してまいりました。ところが、先週、かなり大きな地震がございましたでしょう。あのとき、外壁をなしていた石がずれてしまったのです。大きな開口部ができまして、穴のなかが外から丸見えという状態に……。いや、人目に立つこと甚だしく……。このままでは、遠からず人間たちに発見され、巣穴が壊されてしまうこと必定。そうなったら、拙者どもは散り散りになって逃げ出すほかありません。いや、逃げられる余裕さえあればまだしもよし、下手をすれば皆殺しという目に遭うやも……」

ブルーたちはこの話に粛然となって聞き入った。

「しかし、とにかく、祭りは無事に終えられました。こんな状況下で祭りなどもってのほかだ、自粛すべきだという意見もありましたが、拙者はこういうときだからこそ敢行すべきだと考えたのです。いや、敢行して本当に良かった。ナーダ様ご一行のご来臨を目撃できて、一同、これが最後のリクル・ルパッハ祭になっても悔いなしという気持ちだろうと思います。今夜はあんなふうに酔い潰れる者が大勢出ましたが、拙者は目を瞑っておるのです。皆やはり、怯えておるのでしょうな。怯えを紛らすためには酔っぱらうのが早道。大盤振る舞いで、一年ぶんの新酒もあらかた飲んでしまいましたが、なに、コロニー滅亡が間近とあれば、酒など溜めこんでおいたところで、何の意味がありましょう」何とも形容しがたい悲痛な笑みで、老ネズミの顔が歪んだ。

そのとき、不意にテオが、

「石がずれたという、その場所へ行ってみようじゃないか」と言い出した。

4

たしかにそこは、相当まずいことになっていると言わざるをえなかった。横長の平たい石が斜めにずれ、それが背後に隠していたチビトガリネズミたちの巣穴の内部が、完全に露出してしまっている。巣穴のなかは奥に入るほどに広がっているようで、どれほどの深さまで続いているのかわからないが、こんな大きな口が開いていては猫もイタチも簡単に入っていけてしまう。

チビトガリネズミたちも、それからブルーたちももちろん知らなかったが、その穴は戦時中に作られた大きな防空壕の一部だった。戦後、その防空壕は扉も支柱もぜんぶ取り払われ、埋め戻されたが、工事が不完全で空洞が部分的に残ってしまっていた。そこにふとしたきっかけで棲みついたチビトガリネズミが子孫を殖《ふ》やし、ついにはこんな大人数のコロニーを形成するに至ったのである。

「どうにかならないの」とブルーがテオに、小さな声で尋ねた。酔い潰れた者は空き地に残し、まだ体力のあるチビトガリネズミが二十匹ほど、ブルーたちの後についてきていたが、彼らもまたいっせいにテオを見つめた。彼らの顔には、藁《わら》にもすがりたいとでもいった必死の懇願の表情が浮かび、なかにはかすかな希望で顔色が明るくなりはじめている者もいる。

テオは何も言わずにどんどん巣穴に近づいていった。斜めにずれた石の横端に頭を着けると、次いでその頭を甲羅のなかに引っ込め、ずいっと進んで甲羅と石をぴたりと密着させた。そして、うん、という掛け声とともに四本の足に渾身の力を籠めた。何も起こらない。十秒、二十秒と時間が経過してゆく。テオは四本の足で必死に土を掻き、それにつれて土くれが盛大に飛び散るが、石は微動だにしない。やっぱり、駄目かしら……とブルーが残念そうに呟いた、まさにその瞬間、不意に石がじりっと動いた。「あっ、動いた！」と皆が叫ぶ。

じりっ、じりっと石が動いてゆく。最初は一ミリ、二ミリというもどかしいほどののろさだったが、だんだんと、ぐいっ、ぐいっと動くようになっていった。うんしょ、うんしょと力を入れてテオが甲羅で押してゆくにつれ、ぽっかり開いていた開口部が徐々に塞がってゆく。そして、ついにそれは、上端にわずかな隙間を残してぴったり閉じた。周りを取り囲んでいたチビトガリネズミたちが歓声を上げた。

「おおっ！　ナーダ様、まことに、まことに……」涙もろいトクル・ルパッハの顔はもうぐしょぐしょになっている。テオは後ずさりして石から体を離し、縮こめていた頭をもぞもぞ出した。それから、ぜいぜい荒い息をつきながらぐるっと半回転して一同のところに戻ってきた。自分のやってのけた仕事を正面から眺めつつ、

「まだ少々、隙間が残っているようだが……」と呟いた。

「いえ、これで良いのです。あのくらいの隙間があると、ちょうど良い具合に光が射しこんできますので。ナーダ様、まことに有難う存じました」

「いやいや、先週のあの地震も、実はわしの不手際から起こしてしまったもの。うたた寝をしているときに、ちと霊力が弛《ゆる》んでしもうての。その責任を感じたがゆえに、かように一肌脱いでみたしだい……」

「ははあ、そうでしたか。神々の世界では、拙者どもなどの想像の及ばぬ、途方もないことが起きているのですなあ」とトクル・ルパッハは嘆声を上げた。

「今後また、こうしたことがふたたび起こらぬともかぎるまい」とテオが言った。「わし

も気をつけていて、もしこのあたりを通りかかることでもあったら、ときどき立ち寄ってみることにしよう。外壁の修復にせよ何にせよ、わしにできることなら何でもやって進ぜようぞ」

「その代わりと言っては何だが、なあ、トクルさんや」ようやく呼吸が普通に戻ったテオは、急に声をひそめて言った。

「ははっ、有難き幸せ……」

「は、何でしょう、ナーダ様」

「今度来たとき、またあの色っぽい踊り子さんの舞踊を見せてくれんかの。いやはや、あれは大変な眼福であった。ああいうぽっちゃり体形は、けっこうわしのタイプでの」

「は、もちろん、いくらでも踊らせますとも、ナーダ様。何でしたら、舞踊だけではなく、お傍でもっと親密な、心を籠めたご奉仕も――」

「いやいや、舞踊だけでよいぞ」テオは、咎めるように目を細めてこちらをじっと見つめているブルーの顔を窺いながら慌てて言った。「踊りを見せてさえもらえば、それでもう十分……」

「さあ、テオ、そろそろ行きましょう。朝になっちゃうわ」しょうがないわねえという顔で、ブルーがテオを急かした。

「では、皆の衆、別れのときが来たぞ」とテオが言った。

「ははあっ」チビトガリネズミはいっせいに平伏した。

名残惜しそうに何度も何度も後ろを振り返るテオを急き立てながら、ブルーとハナちゃんは、こっちが川岸と見当をつけた方角へ向かって歩き出した。三匹がセイタカアワダチソウの茂みに入りこみ、それをかき分けて進む間中、どうも有難うございました……またお会いできる日を楽しみに……ナーダ・リクル・ルパッハ様……ラミネルーダ・カヤソマータラミーナ様……サーキヤソマ・クルテンソポッポ・リッポ様……どうかお元気で……心からの感謝を……本当に有難うございました――そんなことを口々に叫ぶチビトガリネズミたちの歓声が聞こえていて、それもしかし、しだいしだいに遠ざかってゆく。ちょうどそれと入れ替わりのように、川の流れの水音が大きく耳につくようになってきた。

セイタカアワダチソウの深い茂みを抜けると川岸はもうすぐそこに見えた。三匹は黙ったまま川を渡った。大仕事をやり遂げたテオを気遣ってか、今度はブルーはテオの背中を使ってジャンプしたりなどせず、体が濡れるのも厭わずに水に足を踏み入れ、浅瀬を伝って流れを横切った。

対岸の暗がりをしばらく行くうちに、やがて昨日の黄昏どきにブルーとハナちゃんが体を休めていた平たい石が、大した苦労もなく見つかった。二匹の猫はそれにぴょんと飛び乗り、テオは石の傍らに蹲った。

「テオさん、大活躍だったわねえ」とハナちゃんがねぎらうように言った。

「いやはや、疲れたのう。しかし、何ともかとも面白い晩だったわい。リウマチが痛んでたまらぬが、まあそれだけのことはあった。あいつら、喜んでたのう。可愛いもんじゃないか」そう言いながらテオは頭も手足も甲羅のなかに引っ込め、ちょっともぞもぞしてから、それきり動かなくなった。「ああ、眠くて眠くてたまらん。歳をとると力仕事は体にこたえて……若い頃ならあんなことは屁でもなかったものだが……。いやこれで、なかなかのう……何せわしは、長く、長く、生きてきて……」声がだんだん小さくなり、ふと途切れて、ほどなく幸せそうな低いいびきが聞こえてきた。頭も手足もなかに引っ込めて甲羅のかたまりだけになったテオは、まるで漬けもの石が転がっているようにしか見えない。

　ブルーとハナちゃんは思い思いの恰好で、しばらくの間黙りこんで毛づくろいに専念していたが、やがて、ひと通り体を舐めて満足し、前足を体の下に巻きこんで蹲り、香箱《こうばこ》を作ったブルーが、

「あたし、思うんだけど」と言い出した。「あのチビちゃんたち、ひょっとしたら、何もかもわかっていて、あたしたちをからかっていたのかもしれないよ」

「えっ……？」

「神様のご降臨とか、何とかさ。からかうっていうか、遊んでいたのかも。リクル何とかっていうのは、そういった種類のお祭りだったんじゃないの。いえ、そもそもお祭りっていうのはそういうものなんじゃないの。嘘とか空想とか、やつしとか演技とかの世界でしょ。根も葉もないことをみんなしてとりあえず信じたふりをして、遊んで楽しむものでしょ」

「そうなのかな……」ハナちゃんもブルーと肩を並べて香箱をつくり、闇を透かして川の流れに目を凝らした。

「いや、どうかわからないけどさ」とブルーはつまらなそうに言って、中天に輝く月を見上げた。

またしばらく沈黙が下りて、聞こえるのはただ川のせせらぎと、機械がぶんぶん唸るようなリクガメのいびきと、二匹の猫が満足そうにごろごろ咽喉《のど》を鳴らす音ばかり。もう夜明けが近づいているようだった。その沈黙を破って、今度はハナちゃんが言い出した。

「ねえ、あたしが産む仔猫たちは、いったいどんな世界に生きることになるんでしょうね」

「どんな世界って、この世界と大して変わらないだろ」

「じゃあ、その子たちが産む仔猫は？」

「おんなじだよ」

「じゃあ、そのまた子どもは？　そのさらにまた子どもは？　その子どもの子どもは？」

「うるさいねえ。あたしゃ、知らないよ」

「さっきのちっちゃな、ちっちゃな変な動物……ネズミみたいな、モグラみたいな……。だんだんと、ああいうチビちゃんたちが生きていけない世界になっていくんじゃないかしら。あの子たちの棲みかのあの穴も、結局潰されて、どこもかしこもコンクリートで固められてさ――」

「そうなったら、猫だって生きちゃあいけまいさ。いや、もっとも、猫や犬は、どんな世界でも人間に飼ってもらえるか……」

「飼ってもらう……」

「牢獄みたいな四角いマンションの部屋に動物を閉じこめて、『愛玩』したり『観賞』したりするんだよ、人間はね。それから、見たことないけど――見たくもないけど――、動物園なんてものもあるらしい。いい気なもんさ」

「人間はこの世界を、人間だけに都合の良い場所に、人間だけが気持ち良く暮らせる場所に、変えてしまおうとしてるんじゃないかしら」

「そりゃあ、そうとも。そうに決まってる。でもね、なかなかそんな、思い通りにはいかないよ。何もかも好き勝手にやれるなんて、もし仮にそんなふうにとことん思い上がってしまったら、必ずしっぺ返しを喰らうに決まってる。謙虚な気持ちを忘れたままでいると、案外、人間なんて早晩死に絶えてしまって、その後はあのチビちゃんたちがこの世界を支配するようになるかもしれない。だって、あの子たちは火を使ったり、お酒を造ったりできるんだからねえ」

「凄いわよねえ」

「でも、面白いねえ。あたしたちの想像を超えた、いろんなことがあるもんだ。いろんなことが起こるもんだ」ブルーはしみじみとした口調で言った。「この世界は、人間たちなんかが考えてるよりずっと豊かで、ずっと大きい。ずっと怖くて、ずっと楽しい。ずっと残酷で、ずっと美しくて、ずっと馬鹿々々しくて、ずっとわけがわからない。まあねえ、そういうことは、あたしたち猫族にとっては改めて口にするまでもない常識なんだけどねえ」

あたりがだんだん明るくなってきた。凝《こご》っていた闇が徐々に溶け出して、暁光《ぎょうこう》の仄かな兆しが空気のなかにみなぎりはじめている。

「ブルー姐さん、人間がいなくなって、それだけじゃなく、猫も犬もチビちゃんたちも、ありとあらゆる動物がいなくなって、——この世界がそんなふうになることも、あるのかしら」

「あるかもしれないね」とブルーはつまらなそうに言った。

「もしそうなっても、その世界にもこんなふうに美しくて静かな夜明けが、来るのかしら。それから、それよりさらにもっと美しくてもっと静かな夕暮れも、来るのかしら」

ブルーはその質問には答えなかった。ひっそりと黙りこんで、目を覚ましはじめた小鳥たちのかすかな囀《さえず》りにしばらく耳を澄ましていたようだが、それからふと我に返ったように、

「さあ、この亀さんは放っといて、もう帰りましょ。あたし、眠くて眠くてたまらなくなっちゃった」とだけ、ぽつりと呟いた。

最後に、タミーからひとこと。

皆さん、ぼくのお父さんが一生懸命書いたこの本を読んでくださって、本当に有難う！　ぼくは、前作の『川の光』、この『川の光　外伝』に続いて、近いうちに刊行される『川の光2――タミーを救え！』にも出演する予定です。楽しみにしていてね！　『川の光2』では、何しろぼくの名前がタイトルに入っているんだよ。どうだい、凄いでしょ！

ところで、ぼくからひとこと、ご挨拶があります。その役目をお父さんから言いつかっているので、これからそれを言うよ、いいかい？　えへん。

これは、多くの方々の温かなご好意と、念入りなご配慮によってでき上がった本です。何よりもまず、短篇連作形式のこの『外伝』を企画し、『中央公論』連載中に面倒を見てくださったばかりか、この単行本まで作ってくださった、中央公論新社編集部の打田いづみさんに、心からお礼を申し上げます。それから、連載中にお世話になった同編集部の太田和徳さん、『川の光』に続いてすばらしい挿画でこの本を飾ってくださった島津和子さん、いつもながらの細やかな心配りでこの本をデザインしてくださった中島かほるさん、『川の光』から派生した短篇というジャンルをそもそも最初に発案し、巻頭の「月の光」をお父さんに書かせてくださった講談社編集部の須藤寿恵さん、それから、それから――あ、もっといろいろ名前があったんだけど、ごめん、忘れちゃったよ――その他、沢山の皆さん、本当に有難うございます！　えーと、これでいいかな？　ぼく、ちゃんと挨拶できたかな？

さて、お父さんを散歩に連れてゆく時間になっちゃったから、ぼくはもう行かなくちゃ。ほら、玄関でリードを持って、じりじりしながらぼくを呼んでいる声が聞こえるでしょ？　あーあ、犬の生活って、けっこう忙しいんだ。今日もすばらしい天気で、最高の気分！　今日は公園で、どんな友だちと遊べるかな。

じゃ、みんな、また会おうね。元気でね！

タミーからのご挨拶でした。

本書は、単行本『川の光　外伝』として二〇一二年六月に中央公論新社より刊行されました。
このたびの文庫化にあたり、タイトルを『月の光　川の光外伝』と改めました。

初出一覧

「月の光」――『群像』二〇〇八年一月号
「犬の木のしたで」――『中央公論』二〇一〇年十二月号
「グレンはなぜ遅れたか」――『中央公論』二〇一一年三月号
「孤独な炎」――『中央公論』二〇一一年六月号
「キセキ」――『中央公論』二〇一一年九月号
「緋色の塔の恐怖」――『中央公論』二〇一一年十二月号
「リクル・ルパッハの祭り」――『中央公論』二〇一二年三月号

中公文庫

月《つき》の光《ひかり》

——川《かわ》の光外伝《ひかりがいでん》

2018年6月25日　初版発行

著　者　松《まつ》浦《うら》寿《ひさ》輝《き》

発行者　大橋善光

発行所　中央公論新社
〒100-8152　東京都千代田区大手町1-7-1
電話　販売 03-5299-1730　編集 03-5299-1890
URL http://www.chuko.co.jp/

ＤＴＰ　平面惑星
印　刷　三晃印刷
製　本　小泉製本

Published by CHUOKORON-SHINSHA, INC.
Printed in Japan　ISBN978-4-12-206598-7 C1193

定価はカバーに表示してあります。落丁本・乱丁本はお手数ですが小社販売部宛お送り下さい。送料小社負担にてお取り替えいたします。